东齐谐

[日] 石川鸿斋

王新禧 校注

日本明治维新时期
著名汉学家石川鸿斋
原创神鬼故事作品

取袁枚《新齐谐》之气象
绘日本本土风味人情

陕西新华出版
陕西人民出版社

图书在版编目（CIP）数据

东齐谐／（日）石川鸿斋著；王新禧校注．—西安．陕西人民出版社，2023.6
　ISBN 978-7-224-14921-0

　Ⅰ.①东… Ⅱ.①石…②王… Ⅲ.①长篇小说—日本—近代 Ⅳ.①I313.44

中国国家版本馆CIP数据核字（2023）第078933号

出 品 人：赵小峰
总 策 划：关　宁
出版统筹：韩　琳
策划编辑：王　倩
责任编辑：晏　藜
封面设计：白　剑

东齐谐
DONGQI XIE

作　　者　[日] 石川鸿斋
校　　注　王新禧
出版发行　陕西人民出版社
　　　　　（西安北大街147号　邮编：710003）
印　　刷　西安市建明工贸有限责任公司
开　　本　787毫米×1092毫米　32开　5.5印张
字　　数　96千
版　　次　2023年6月第1版　2023年6月第1次印刷
书　　号　ISBN 978-7-224-14921-0
定　　价　25.00元

编者序

志怪小说在中国蔚为大观，查《中国神怪小说通史》《古代志怪小说鉴赏辞典》《历代志怪大观》等相关著作，并稽阅历代志怪传奇叙录与通论，归纳起来，洋洋洒洒近千部之多，从两汉至清代，脉络清晰，源流分明，资料齐全可观，形成了完整系统的中国志怪小说学。如此宏富如潮的著述，自然深刻影响到了明治维新前处处效仿学习中国的日本。故此，日本亦有为数不少的志怪作品，以读本小说、笔记、舞台剧等形式粉墨登场，这其中有一部分纯然以汉语文言文形式编著的小说，因其建构独特、寄寓清奇，颇为风行一时，惹人注目。受中国悠久宏渊的文化影响，朝鲜半岛、琉球、越南也都曾出现过此类汉文小说，汉字文化圈与儒家文化圈的双重身份，令这些作品无论在文体模式、人物塑造还是思想意蕴上，都尽量以既有的中国小说做范本，并竭力向之靠拢。因此，它们不仅在比较文学范畴中，更在古典小说的广义范畴内具有宝贵的价值与非凡的意义。集抒情述志、称道鬼神于一身的汉文志怪小说集《夜窗鬼谈》与

《东齐谐》，更是其中的佼佼者。

《夜窗鬼谈》与《东齐谐》其实是同一部书的上下册，其作者是日本明治时期著名汉学家、诗人、画家石川鸿斋。石川鸿斋，本名英，字君华，号鸿斋，通称英助，别称雪泥居士，1833年生于三河国丰桥一个商人家庭。其少年时师事著名儒学学者大田晴轩、西冈翠园，十八岁离乡游学，遍历日本各地。1858年返乡开办私塾，讲经述史。此后移居横滨，潜心著书立言，并一度在增上寺佛学校任汉文教师，又至中国考察拜师，回日本后与清朝公使人员诗咏唱和，往来密切。这一点从《东齐谐·比翼冢》一篇中，石川自述陪同清朝大使游览饮宴等事，即可管窥其豹。

石川鸿斋实乃广闻博识、通才多艺的饱学之士，汉学修养与诗歌、绘画造诣都极高。他一生著述等身，作品涵盖面颇广，1918年，当他以八十五岁高龄去世时，身后留下诸多皇皇巨著，主要有《日本外史纂论》十二卷、《文法详解》一册、《新撰日本字典》二册、《画法详论》三册、《诗法详论》二册、《书法详论》二册、《精注唐宋八大家文读本》十六册、《三体诗讲义》三卷、《日本八大家文读本》八卷、《点注五代史》八册、《点注十八史略》七册、《史记评林辑补》二十五册、《夜窗鬼谈》二卷、《花神谭》一册、《芝山一笑》一册、《鸿斋文钞》三册等等，共计五十余种。

其中《夜窗鬼谈》与《花神谭》，是他仿效中国志怪小说（特别是《聊斋志异》）所创作的带有浓郁日本本土"风味"的志怪作品，书成后风行一时，多次加印。

《夜窗鬼谈》由于篇目的写作时间有所间隔，上册发行五年后，下册才写毕印行，故而下册改称《东齐谐》，取袁枚《新齐谐》（即《子不语》）之气象，但在首页首行题写"东齐谐，一名夜窗鬼谈"字样。两部书分别刊印于明治二十二年（1889）九月、明治二十七年（1894）七月，皆由东阳堂印刷发行，带多幅精美石印插图。

因为刻意效仿、借鉴《聊斋志异》与《新齐谐》，且文笔、内涵确确实实颇得两部名著的神韵，所以《夜窗鬼谈》与《东齐谐》被誉为日本的《聊斋志异》与《子不语》，成为后来大行其道的怪谈作品的重要取材母源。譬如小泉八云、柳田国男、田中贡太郎等人，都或多或少地从中汲取过养分，并间接延伸了《夜窗鬼谈》的文学影响力。

尽管两书互为姊妹篇，但从"戏编"和"戏著"的署名方式上，能看出两者还是存在不少差别的。戏编的《夜窗鬼谈》多为石川以收集的前人著作和民间掌故为坯胎，剪裁、润色、编改、加工，二次发挥而成。而戏著的《东齐谐》则大多系石川原创的神鬼故事，也有些是利用既成的传统怪谈，改编为诙谐笑话，博人一悦。中日两国的大学者皆有著书立说之余将一部分精力用于游戏笔墨的传统，石川亦然。两书既是他调整心情、娱乐耳目的练笔结果，又是他用来"为童蒙缀字之一助"，为汉文学习者提供教材的实用范本。所以编著小说虽属"小道"，但他在此上头也倾注了大量心血。

从石川鸿斋整体著作所涉及的范畴我们可以看出，其治学与写作背景明显受到中国传统文化的深度影响。尽管以儒学家的身份纵谈玄幻，书写基调不可能完全脱离儒家裨益世风的要求，但他强调鬼神之理非世人可知，采取存而不究的态度，既不肯定亦不否定，在此框架下自行怀抱，熔炼阐释，闯出了一条别具一格的文路。编撰两书时，他已年过半百，如非对中国志怪传统有着浓厚兴趣和深刻研究，绝难以白发苍颜之龄而致力于"怪力乱神"之事。多年游历中国的经历、长期苦读汉文典籍的用功，让他拥有了极高的汉学素养与汉文写作功底，所以两书无论写人写景、叙事叙情，皆能做到构思巧妙、造句凝练、用笔明雅，同时在故事情节上亦有设想空灵、婉转动人之长，堪称日本汉文文学史上思想性、艺术性俱佳的杰作。

与《聊斋》相仿佛，《夜窗鬼谈》与《东齐谐》里的故事大致上可分为"谈鬼论神""日本民间传说""动物幻化成精""冥界仙境之想象"等类型，因作者身处明治维新的大变革时代，亦有少数篇章直接与西方近代科学对接，谈论天文、地质、物理等。这些篇章的素材来源，既有友人转述的生活记录、遨游天下博闻而得的奇妙轶事，又有乡野传说与寺社宗教画故事，更有不少取自前人书籍的材料，经吸收转化，收为己用。其"用传奇法而以志怪"，"去旧套，创新意，弃陈腐，演妙案"，借花妖鬼狐、奇人豪侠之事审视种种世态人情，有的歌颂男女间的真挚爱情，有的揭露文人的作风虚妄华而不实，有的昭示天道循环的至理，怪异诡谲，奇趣盎然，极富感染力与表现力，在明治时代脍炙人口，大放异彩。

不过因为作者本身社会地位较高，所以和纪晓岚一样，都缺乏蒲松龄那种寄托怀才不遇与"孤愤"情绪的积极抨击精神，谈虚无胜于言时事，作品讽刺性大为淡化。石川承袭纪晓岚笔记体写作之精神，一方面"昼长无事，追录见闻……时拈笔墨，姑以消遣岁月"，将自我的见闻、学识托付书中；另一方面又"大旨期不乖于风教"，以儒家思想作为文学底色，强调德行修养、因果报应，旨在教育、感化、警示世人，将自身的道德情操、创作旨归赋予斯作，"街谈巷议，或有益于劝惩"，最终达到因势利导、挽救世道人心的作用。

需要提及的是，两书中大部分篇目的末尾，皆有作者按语，或有题为"宠仙子曰"的评语，见解新颖独特，起到了较好的弥补原文、旁证详考的作用。但"宠仙子"到底是谁，目前由于中日两国都缺少相关资料，故无从确认。有学者推测"宠仙子"即石川鸿斋本人，但观其评述口吻，往往对石川之作持批判态度，有时甚至对篇中主旨加以否定，对神鬼之说讽刺质疑，相悖之处恐难言系石川自谴。是以"宠仙子"的真实身份，有相当概率应非作者本人。

这样一部颇能"追踪晋宋，不在唐人后乘"的经典志怪小说，在中国大陆却几乎不闻，实为憾事。故此，编者本着"拂明珠之尘，生宝玉之光"的信念，决意将之钩沉抉隐，以飨识者。此次校订出版，编者选择以日本国立国会图书馆所藏《夜窗鬼谈》与《东齐谐》为底本，逐字逐句认真核校。该馆本刻版清晰，句读明确，且无他本漏字、错字之谬，经综合比较考量后可称为最佳底本。鉴于作品系用文言文撰写，同时引征博杂，当代读者理解较为不易，故对较古奥词语及各类典故予以必要注释。凡异体字、错刻字、讹脱字等，一律径改于正文中，不再另出校记。不当谬误之处，敬请诸位方家不吝指正。

王新禧

序于福州

目录

1 序

3 神卜先生

15 役小角

17 安倍晴明

21 葛叶

27 果心居士 黄昏草

33 狸技

37 缢鬼

40 阿绢苏生

43 岩渊右内

46 友雅

52 累女

比翼冢	56
茨城智雄	60
象	69
义猫	71
洋狗	72
秦吉了	73
蚁城	75
小人	78
泷藏	81
藤生救雀	83
飞鼎	85
熊人	88
灵魂再来	93
礼甫	97
变成男子	102
醉石生	104
染女	108

110	千叶某
112	飞鹮庵
115	保全法奇验
118	霭厓花卉
122	狸阴囊诙话
125	阿菊诙话
127	伪情死
131	鳖成佛
134	阿岩
138	文弥诙话
140	患齿诙话
141	阿虎诙话
145	阿多摩池诙话
148	混沌子—名《大地球未来记》

序

文王作彖①，周公系以怪辞；孔子戒乱神，左氏喜说鬼事。下至战国秦汉之书，莫不尽涉奇事怪谈。于是，老、佛之徒，益恣诡辩，盖以无穷理明义者也。韩退之曰："无声与形者，物有之矣，鬼神是也。"夫无声无形、无闻无见，而其物何以与人为祸福也。生杀人，非王侯则不能也，而鬼能为之；治乱国，非英雄则不能也，而鬼能为之。是以旱则祷之，病则祷之，祷福、祷寿、祷婚、祷嗣，犹儿之于父母，民之于君也。退之又曰："鬼有形于形，有凭于声以应之，而下殃祸焉，皆民之为之也。"然则凭兽则有兽力，凭禽则有禽声、凭人则有声与力，凭水火风雷，其变化不可测。怒则祸之，喜则福之，是以人崇敬之、祭祀之。故曰：

---

①彖：《易经》中解释卦义的文字。

"鬼神之为德，其盛矣乎！"世之说鬼者，百人百种，不同其事。顾鬼亦去旧套，创新意；弃陈腐，演妙案。于是往往有出于意表者。盖人智日进，鬼智亦进；人能精机巧，鬼亦恣变化，不以彼柳荫墓侧，罾井笼灯，而已为巢窟也。呜呼！操觚①之士，秃笔穿研更仆②，不可尽者鬼谈也。昔者仓颉作字，鬼夜哭，恐文书所劾也。鬼而正其行，何恐见劾？记者亦主劝惩，何乖孔圣之诫？怪乱岂谓不关世教乎哉！

雪泥居士识

---

①操觚：写作。
②更仆：更番相代。

神卜先生

东京之胜，以墨江为冠。三春之候，樱花烂熳，贵贱老幼，曳筇飞轿，十里长堤，几无立锥之地。凡舞绁缘竿①，演戏之为场者，巷谈傀儡，猴狗之呈艺者，鼓乐喧阗，树帜连帐。其他茶坊酒肆，团子糗餈②之诸店，开膻逐腥，蚁集溢户。想释氏涅槃之日，八十亿比丘集于跋提河边，恐不过之也。堤半有白须神祠，祠傍郁树之中，有白须老翁卖卜者，苍颜仙骨，伛偻如虾，葛巾道服，矮几上唯有爻与著及古书二三卷耳。眼悬暧瑼，手执玉镜，兀坐端严，殆若泥塑人。

有一书生，垢衣短袴，戴破帽、穿低履，累累然来乞卜曰："小生西陲士族，求官来此地，三岁未得志，囊罄橐

---

①舞绁缘竿：绁，粗绳子；缘竿，杂技中的爬杆。
②糗餈：糕类食物。

空，进退兹谷。因得旧知绍介，为一小校助教，一月数金，甘旨不能濡喉，布被不足御寒。五分百岁，既得其一①，而未得攀青云之阶，不知有旷涂②绝谷为之关隔耶？抑亦有司朦聩，无登用贤良耶？皇天茫茫，使我至贫窭如此，吾甚惑焉。请先生神卜，明诰之。"翁熟视笑曰："子诚鄙人也，所谓井中之鳖，不知世有池沼者。夫天下之人来帝都者，无不志富与贵，若尽得志，野无耕夫、家无织妇，渔樵就官、刍荛③饱禄，百工群商尽为搢绅，谁种谷？谁制衣？凡欲立志超于众者，于官于师，于工商，于技艺，勉强刻苦，忘寝与食，堪不可堪，忍不可忍，加之以天禀之才，渐修一事，得见赏于人。以为边土不能伸志，遂去故乡，出于大都，何料同志有求者，多于在庾④之粟粒。于是万选千，千拨百，汰之筛之，仅取其一，非沙砾中金玉，则不得中选也。若能金玉其身，求官干禄⑤，易于拾芥。今沙砾其身，欲金玉其望，其亦不思而已矣。古人曰：'安命养性者，不待委积而富；名声传乎世者，不待势位而显。德义畅乎中，无外求

---

①五分百岁，既得其一：年龄已经二十岁了。
②旷涂：长途。
③刍荛：割草打柴的人。
④庾：谷仓。
⑤干禄：求禄位，求仕进。

也。'① 子其少省焉。"书生茫然如失，遂倾帽而去。

一妇人，年可二十，袯服靓妆，颜如蕣花，悒然拭泪而来乞翁卜曰："妾嫁一士人家，无几，生一儿。尔后夫不顾妾，日夜沉醉花街，爱娼宠妓，流连不还。偶一语谏之，暴怒骂辱，不复似平生之行。自思非偕老之人也，欲告父母大归，特悲一儿为继母所育，必极惨酷，以故忍而不去。既而衣食殚亡，负债日加，不去，终逼饥渴。请先生告其可否？"翁曰："是《易》所谓：'需于郊，利用恒。'凡妇有六德：一曰柔顺，二曰清洁，三曰不妒，四曰俭约，五曰恭谨，六曰勤劳，是为恒。古之人有言：'人而无恒，不可以作巫医。'② 况为士人之妻乎？盍修恒德，想未至险而需于郊者，宜柔顺不妒，竭为妇之道。若欲谏而止之，彼益乱行，不如任其所为，静待时也。暴风驶雨，不久而止。世之溺声色者，以财尽产亡为度。物穷必变，既至其极，不必不变。唯不挟妒心，不思怨恨，柔顺恭谨，不惮勤劳，谁复恶之？古语云：'精诚所在，神为之辅。'请其思之。"妇人唯唯而退。

---

① 出自《韩诗外传》卷一。
② 语出《论语·子路》：子曰："南人有言曰：'人而无恒，不可以作巫医。'善夫！"意为如果缺少恒心，不要做巫师和医生。也就是对神、对人的职业，必须有恒卦所示的美德，才能有所成就。

东齐谐

神卜先生

有商俯首低声乞卜曰："不佞野州①绢商，年年来都贩鬻，苦利润少，顷赌米价，败亡。再四赌，再四败。偶会疾风霖雨，寒暖失候，以为好机，米价必腾贵，则倒囊买之。无几，谷价低落，遂至破产。强乞亲戚，尚可借若干金，将以复此败，挽回故业，卖与买孰获利？愿告之。若获巨利，欲厚酬。"翁掉头曰："呜呼！子误矣！夫祸生于欲得，福生于自禁。子之破产，则欲得也。凡子之四邻人，皆欲财多家裕者；子之乡党之人，亦复若此。然则天下人咸莫不若此，而子独欲超众得财，此所以破产危身也。世之为赌者，在使人贫，欲己富耳。夫无功无劳，欲一叫之下，夺人之财，倾人之产，天岂与之哉！人亦不许之。纵有以一时侥幸得者，不久亦必失之，非百年后荣之计也。余尝见其社近傍，为卖买周旋执事者不下百户，一岁所费，以一户千元算之，几登十万。四方集其社为卖买者，不论胜与败，年贻十万，养百户之人也。于戏！恤亲戚之穷乏，吝与一金，动辄反目辱之，惠他人不敢惜焉，何其惑也。古人曰：'君子行德以全其身，小人行贪以亡其身。'②若欲全其身，莫若去贪心、绝赌念，积毫为厘，积厘为分，久之，可以积山。唯夙夜黾勉，宜营本业，此其所以取胜复仇也。若米价高低，

---

①野州：日本东山道下野国，俗称下州，又称野州。
②语出西汉刘向《说苑·谈丛》。

余所不知也。"商如有所悟，谢而还。

一贵族杖伞来，豹头虎须，漫街威严，戴黑帽、穿高屐，带缠金锁。相从者二人，一着氆氇①戎服，一着胫衣。突如问翁曰："余有一女，年已加笄，将择良偶，先生示其吉。"翁曰："宜择人而嫁，知为人母育子之道，则可矣!"从者曰："娘子熟诸技，家庭有师，常守严训，唯惑执柯者②多：一为东邻，父在显职，久参国政，最属众望者；一在西衢，家颇富饶，奴仆千指，仓廪绕屋，亦一区巨擘也；一属北乡，累世豪农，有田千顷，积聚如丘，其家与千户侯等；一当南巷，以商为业，五港开廛，扩张贩鬻，输送海外，年不知几百万，而其子大约同甲。是以未决也，请指示其方。"翁蹙頞曰："子啻说其家富产，不说其子才能。择其方而不择其人。积财万亿，资产如山，其子不尚，不能永保存，遂为他人有，乞食于路头者，往往不为尠③。或虽无产无田、饥寒逼躯者，有才能而识力轶于众者，是必有为之人，不长居人之下也。陈平，穷巷贫人也，以敝席为门，炊糠粃为食，然富人张负知其贤能而予女，果辅高帝，为汉丞

---

①氆氇：传自中国西藏地区的手工毛织品。
②执柯者：执柯也作伐柯，指给人介绍婚姻，执柯者即媒人。
③尠：稀有，罕见。

相；赖朝①，流罪穷士也，在伊豆山中，颇尝苦辛，然时政②知其才器，以女妻之，遂亡平氏，掌握政权。是皆择其婿才能也。子亦盍择其婿才能，若方位识者所不道，若择方位求耦，房南之人为吉，方在正南，欲入海嫁于广利公③耶？"言毕一笑，从者默而退。

一少女卒尔谓翁曰："发痴亡矣，去何处？"翁讶然曰："发痴何物？"曰："一黑点，大如钱，甚可爱。"翁笑曰："猫儿耶？"曰："然。今朝断索而去，邻妪亦爱猫，捕而匿之，又可有还。若为贼所偷，剥皮啗肉，竟不还也。"言未终，潸然饮泣。翁曰："莫愁，夜半必还，买鱼待之。"少女喜曰："无欺乎？"翁曰："何言伪！"少女欣然而去。

一男子在傍曰："先生以卜开场，未敢揲筴画卦，何以知之？"曰："彼来时频弄指环。环者，还也，且在右手中指，故知夜半还。卜筮决疑者，人智所不及，质诸鬼神。事已不疑，岂用筮为哉！天下之事皆有定焉，定则有兆，业知

---

①源赖朝（1147~1199）：日本镰仓幕府建立者。早年因其父源义朝在"平治之乱"中战败被杀，故遭流放于伊豆国。后以镰仓为根据地，起兵讨灭平家。1192年，正式出任征夷大将军。
②时政：指伊豆国豪族、镰仓幕府初代执权北条时政（1138~1215）。其慧眼识英才，将女儿北条政子许配给流放伊豆的源赖朝。又在赖朝举兵时予以协助，一同开创了镰仓幕府。赖朝死后，时政代将军掌管幕府实权。
③此处原书有夹注：南海之神。

其兆,不可烦鬼神。邵子①之心易则是也。"壮士曰:"仆亦有疑且惑未决于意者,请烦先生。仆未娶妻,以所择甚难也,不论贫富贵贱,唯求容貌佳丽、才艺兼备、身体健康、能理家事者,偶有之,欲成竟止。因求诸花柳之巷,虽非无一二适于意者,彼反厌我,未尝尽缱绻之情。屡独睡青楼,以为天下无佳偶,是以年二十有余,空房抱膝眠耳。果无配于我者耶?抑亦未遇其人耶?何相须之殷,而相遇之疏也?愿先生有知,明告之。"翁谛视其人,**魋颜蹙齃**②、蛇眼狼口,短发如螺、痘痕似网,而言语嗫嚅,臭气扑鼻。翁以为是天下丑男子,知其薄于艳福,心中窃笑之。忽一嚱曰:"凡男女之相耦,自有定缘。有缘则公主嫁于匹夫,贫女乘玉舆;若无缘,虽同梁合壁之室,有不能相见者。且夫一阴一阳,天地之道,鸟兽虫鱼,皆自有配偶,虽不自求,天必与之,其迟速亦自有时也。古人有言:'天之生佳丽也,将报名贤,而俗之王侯,乃留以赠纨绔,此造物所必争也。'足下为贤才之人,天报以佳丽;若不贤良,枉以权力金力夺之。其女或不健康,或不贞操,乱家破产,世间往往有之。若贤才而不能得焉,则天之所争也。余安知之?"其人如不解,默尔而去。

---

①邵子:指北宋哲学家、易学家邵雍(1011~1077)。创"先天学",著有《观物篇》《先天图》《伊川击壤集》《皇极经世》等。

②**魋颜**:额头突出;**蹙齃**:鼻与眉相聚拢。

佛帽英靴，着窄袴、覆外套，手携革囊，徐徐来者，某党壮士也。年可三十，眉目秀隽，拈髭问翁曰："仆加某党者，顷党派轧轹，颇生纷扰。其魁甲在西国，乙在东京。往而与甲耶？止而与乙耶？先生请卜之。"翁曰："党者何？"曰："自由党、改进党等是也。其间有议论不相合者，唯卜进退足矣。"如不解者，乃执筴撲之，十有八变，得颐之益曰："拂经，居贞吉，不可涉大川。①"翁收筴曰："顾足下近国豪农，有数顷之田，不乏于衣食者。盍居祖先之遗宅，守祖先之遗业？方今天下之政出于一途，欲抚育亿兆，使各得其所，尚恐仁惠不洽，下民不便，募议员以修罅漏。而中其选者，一郡之所信，众望之所归，代千万人应征。全国议员凡三百人，与贵族合，偕言国是，择善取良，始决事，尧舜之政亦不过之也。岂可别立党，结与议大政哉！足下若为众所选中其任，鞠躬尽瘁，可以竭其事。其任自有人，宜在旧里，务自家本业也。《易》所谓拂经者，则违戾经常也，谓弃本务末也。若能守故业，为修身齐家，则居贞而吉者。奔走四方，跋涉山川，则非吉也。孔子曰：'不在其位，不谋其政'，余于诸党不知其可否，唯为足下筮得之，故略述

---

①《周易》"颐卦"第五爻，爻辞："六五：拂经，居贞吉，不可涉大川。"意思是：违背了颐养的常理，但坚守正道就会吉祥。不可以远涉大江大河。

其意耳。"壮士迷心未觉,逡巡而去。

一贾人,年三十四五,殷勤屈腰,来坐傍曰:"仆居神田,自父祖贩卖布帛者。近时业务日衰,涉世甚艰,屡转居,益极穷,因就九星家某先生乞教。先生曰:'与妻星不相合,是以困乏。宜去妻别娶善星之妇,必获大利,家亦富饶。'仆与妻绸缪十余年,有一男一女,今不忍去之。不去则贫,去焉则富,心中甚惑,乞垂明教。"翁颦眉曰:"妻者,宿世之缘,既生二儿,是天之所与,安可去之。矧无罪无过,徒信庸人之言,欲以绝天缘,不思之甚也。陷于贫者,由子之行为,决非夫妻岁星善恶也。年有寒暑,日有阴晴,人亦有屈伸显晦。一世之长,未必无浮沉也。惟修身正行,勉强刻苦,务守其业,必得其报,非远也。若反之,懒惰愉逸,为不直不正之行,纵获一时暴富,如彼草上之露,忽散乱无可遗者。子信九星,居,我粗语之。九星者,天有此星也,取九数配五行而已,故无名,惟以白黑青紫别之。其源出于《洛书》,谓之《书》,《洛书》恐非星点也。盖《河图》《洛书》①,后人所制。孔子曰:'凤鸟不至,河不

---

①《河图》《洛书》:华夏文化、阴阳五行术数之源头。《易·系辞上》:"河出图,洛出书,圣人则之。"传说上古伏羲氏时,有龙马从黄河出现,背负《河图》,伏羲据"图"画成八卦,后来周文王又依据伏羲八卦研究成文王八卦和六十四卦;大禹时,又有神龟从洛水出现,背负《洛书》,大禹依"书"治水成功,遂划天下为九州。

出《图》。'周时无识焉者,今之九十方圆图者,自汉刘钦传之,说其九数者,禹改尧之十二州为九州,定九山,决九川,收九牧之金铸九鼎。尔来贵九数,箕子有九畴,《逸周书》有九星九光,《淮南子》有九野之说,其他取九数,不遑枚举。至宋陈图南说其循环之法,穆修、种放等奉之,以传道士者流,其后有《三白宝海》《阳明按索》《宗正通书》等陆续行世。至清著《协记辨方书》,遂至《时宪书》载九星,犹本邦古历载太岁金神、天赦十死等,从俗所好也。君子修身正行,何择方日。周武以甲子起,殷纣以甲子亡,汉高祖与虑绾同日生,一为天子,一反而亡。明太祖登帝位时,求天下同日生者,仅得二人,一半途而殁,一贫窭养蜂计活,但所饲十三笼。太祖笑曰:'朕布政十三省,汝养十三笼蜂。'厚赐还之。同日生者如此,况异年者乎!吉凶祸福,豫有定数,又由其人行为变化焉,岂可信区区生克等说惑心哉!"其人喜而去。

宠仙子曰:"孔子读《易》,韦编三绝,遂作《十翼》①,然未闻自筮决大事也。其自筮者,仅得贲一事

---

①《十翼》:即《易传》,是解释《周易》的著作,共有十篇。

而已。丙吉逢牛喘,知时气失节①;邵雍闻鸦声,察天下多事。是皆不占而知之。夫事已定,岂灼龟揲筴,探天意为哉!世有以卜筮糊口者,彼为涉世为之,非深可咎。仅投数钱,立街头,欲请神于尘埃污秽之中,决一身进退,定男女嫁娶,可谓惑亦甚矣。"

---

①事见《汉书·丙吉传》:吉前行,逢人逐牛,牛喘吐舌。吉止驻,使骑吏问:"逐牛行几里矣?"……吉曰:"……方春未可大热,恐牛近行用暑故喘,此时气失节,恐有所伤害也。是以问之。"

役小角

跋涉山川，驱役鬼神，该通①内外，教化愚俗，行为变幻，不可端倪者，莫若役小角。小角，大和葛上郡茅原村人，敏悟博学，最好佛典，壮年弃家，入葛城山。居岩窟多年，食松果、衣藤葛，能使役鬼神。又漫游四方，到处辟山凿路，赈穷治病。后复归葛城，屡游金峰山。金峰、葛城之间，道路崄巇，颇艰往复，乃命山神架石桥。山神受命，夜夜运般②岩石。久之，功不成，小角督责山神。山神曰："葛城一言主神，容貌丑恶，厌众视，故待夜就役，是以不速。"小角怒缚之，投深谷。一言主托巫曰："小角潜觊觎

---

①该通：博通。
②般：通"搬"。

国家，不急治之，必生大乱。"巫告之韩广足①。广足亦学小角者，数遭严责，怨之，诬以妖妄惑众，且谋逆。朝议召小角，系狱。小角腾空亡去，因收其母。小角自出就缚，流之伊豆岛。无几逢赦，遂以铁钵盛母，浮海游唐云。

　　小角事迹，奉其宗者详说之。今尚和州大峰祀之，行香者不绝。山路崎岖，上有突岩。导者使客窥其下，下谷千仞，烟云蓊郁，模糊不可辨，谓下有岩窟，小角修道处，今尚在焉。然道路阻绝，不可往也，惟猴鹿仅得到耳。

---

①韩广足：圣武天皇的侍医，任正八位上典药头，曾随鉴真大师学习药术。

安倍晴明

安倍晴明,父为大膳大夫益材。晴明幼敏慧,好读书史,博涉猎和汉,崭然见头角。初从加茂忠行及其子保宪学阴阳推算之术,累迁叙从四位下,任天文博士,又能使役职神①。关白②藤原道长殊敬爱焉。

道长尝畜一犬,每出必从舆。一日,将往法成寺,犬遮前途狂吠,衔从士之衣牵之。道长在舆中怪之,因不入寺门,停舆急召晴明。晴明巡视门庭,愕然告曰:"有咒诅相府者,埋物于此。若过,为鬼所恼,或获异病,未可知也。"乃指一所堀之,果得泥封土器,上书朱篆。晴明曰:

---

①此处原书有夹注:一作识神。
②关白:日本古代官职名,当天皇年幼时,太政大臣主持政事称"摄政",天皇成年亲政后摄政改称"关白"。"关白"本为"陈述、禀告"之意,后逐渐转变为辅助亲政后的天皇总理万机的重要职位,相当于中国古代的丞相。

东齐谐

"世无知是法者。必道满法师之所为也。"道满者，比睿山僧，以咒诅惑人，屡出入权门，为一贵臣所请，于是有此事。晴明乃结纸作鸟形，诵咒投之，化为白鹭飞，命吏直从其后，止于城外一民家。吏执其主而来，果道满也。鞫问不得实，系之狱中。一夜，乘风雨，破狱而去，隐于将军冢。源赖光捕之，处刑。

晴明所著有《金乌玉兔集》等。或曰："晴明，安倍保名子，母为信田白狐，今演剧传之。"

晴明家居，一夜，告臣仆曰："今夜有贼，欲夺所传秘籍，户外必喧骚，慎勿出。"其夜三更，贼数人袭来，梯以越垣，越又有垣，又梯越之，越又有垣。若此，及数十垣。天既白矣，依然在垣外，贼遂去。

有人告藤原道长曰："某日家当有怪，宜慎。"至期，道长谢客，唯招将军源赖光、医师丹波忠明、僧劝修及晴明。会和州农民献瓜一笼，晴明熟视曰："瓜中有毒，不可食。"劝修把念珠唱咒，一瓜忽然跳跃，圆转不息。忠明以针刺之，瓜乃不动。赖光挺刀斫之，中有银蛇。针中其眼，刀断其头，各施其长，道长开议大飨之。

播磨僧智德者，亦能方术。欲试晴明，佯为习术者，造其家，二童子从焉。晴明见二童子，则狐神也，咒以缚之，匿一器中。谓智德曰："今日有事，请俟他日来。"智德去，少顷复来曰："我失二童子，意卿匿之也。"晴明笑曰："我不知也。"智德叩头不已。晴明曰："子欲试我而来，我亦欲试子之术。二童我实匿之，子有术，遽携之去。"智德赧颜曰："卿之所系，我安得解之！自古使役神者多，而系他人所使役者为甚难，卿诚神人，我不及也。"晴明乃出童返之，智德遂师事云。

世传晴明事迹多矣，然俚巷俗说未可尽信，其识神者或谓使役狐仙，遂附会葛叶事演之。《水史》摘二三，以入《方技传》中，甚可怪哉！

葛　叶

和泉有信田庄司者，为乡阀阅①，家亦富饶。有二女，丰姿艳绝，才慧轶众，共闺阁之秀也。姊曰荣树，适于《易》博士加茂保宪之男保名，琴瑟妍和，情好酷厚。保宪家藏宝箓，系朝廷御物，一夜为盗所窃，事关荣树，荣树自刃而没。保名悲叹，精神昏乱，遂为颠狂，怀荣树绣衣，或泣或笑，携之游近郊。

时会暮春，樱花烂熳，织锦敷绣。偶有双蝶戏花，保名羡之，欲开扇扑，在前，忽焉在后，又扑之，转至前，左翻右翻，追到信田神祠。是日，庄司二女葛叶观花祠傍，张帐团坐，开榼飞杯。保名追蝶而来，以为荣树也，进而捉袖。葛叶惊欲逃避，保名不放。奴勘平寻保名来，略说其为狂人，叩头谢罪。葛叶怜之，谛视，标致公子，携一绣衣，绣

---

①阀阅：有功勋的世家、巨室。

衣素所识，因诘之。奴曰："公子爱偶有故而没，尊容酷相尚，不复差毫厘，以故及之。如绣衣，则娘子身边之物。若为公子一语慰之，或有愈狂，冀怜察焉。"葛叶赧然，少选①问奴曰："曩以妾为荣树，不知荣树为谁?"奴曰："是公子细君②，信田庄司长女也。"葛叶愕然，忽流双泪曰："是妾之姊也，何以殒命?"奴乃说其由。

时庄司夫妻亦来兹，偕闻颠末，歔欷饮泣，始见保名，盖保名婚后未到岳家也。保名及见葛叶，狂病顿治，因请以葛叶续弦。庄司许之，且曰："有侄石河握右者，乞婚已久矣。我恶其为人，固拒不许。"言未讫，俄闻鼓声卷地来。庄司曰："握右来矣，他日日猎野兽，使役村民，暴慢无赖，为众所厌。子若有见，恐将不利，宜潜身帐中。"保名诺，乃与葛叶入帐。忽有白狐为猎卒所追，遁入帐中，蹲保名膝边，战栗如乞救。保名怜之曰："穷鸟入怀，猎夫不捕，我岂可不助!"乃启神龛容之。握右追狐而来，见庄司曰："叔开观花之筵乎？我为猎驰驱，偶获一狐，破网而逸，顾匿帐中，请搜索之。"庄司遮之，握右不听，揭帐突入，见保名，怒眼曰："咄! 汝使荣树自杀，又来求葛叶邪？葛叶业约于我，安得与汝!"直逼葛叶，欲伴之。保名争之，握右益怒，欲使卒夺葛叶。奴勘平有膂力，挥拳批

---

①少选：一会儿，不久。
②细君：古称诸侯之妻为细君，后为妻的通称。

卒。卒怒，欲围勘平击。勘平奋激，以两拳击众卒，势如猛虎。众不能敌，求路遁走。勘平追击，苦斗甚力。保名使庄司、葛叶走，自与握右战，未决输赢。散卒集来，共助握右，遂倒保名。握右虑葛叶逃亡，率卒追葛叶。保名渐苏，以为葛叶为握右所夺，何面目得存世，不若速死也，乃欲把刀剚腹，忽有执其手留者，熟视，则葛叶也。曰："卿未去耶？"曰："妾亦匿神龛，请勿徒死，宜避难于他乡。不然，祸亦将及。"保名曰："我负重伤，不能步行。"葛叶乃拭血视之，仅类爪痕者二三耳。曰："妾有药，可立痊。"开囊敷药，不复觉痛痒也。日既昏，保名曰："我家曩亡失至宝矣，家名存亡未可知，且为握右所仇视，益不安也。姑从卿之言，潜于他邦。幸有得焉，兴家不难也。"其夜，与葛叶到摄州安部村，赁一小家居焉，以卜筮为业。葛叶亦织布助之。无几，举一子，颖敏超绝，夐有跨灶①之才，是曰安部晴明。

先是，庄司与葛叶免握右之难，锁门慎身，防侄之凶暴。握右恨庄司不肯、葛叶不从，百计构逸，遂陷庄司，夺掠其田园。庄司落魄，携眷隐于吉见山麓，葛叶日夜恋慕保名，遂至为病。庄司大忧，使人搜求保名，不得，而葛叶病日重，将逼旦夕。或告保名在安部村，庄司大喜，欲急往访

---

①跨灶：马前蹄的空处名叫灶门，该词本指良马奔跑时后蹄印跃过前蹄印，喻指良驹。

之，葛叶亦欲同行。庄司忧其病羸，不可步行，坚止之。葛叶不听，曰："妾病愈矣，千里何厌。况半日程，无山壑为之关隔，请伴妾去。"于是庄司夫妻与葛叶到安部村，访其侨居。门前逢保名，保名大喜，未暇出一言，先伴其居，有机声丁丁织布者。庄司曰："窗下织布者为谁？"保名顾宅，意甚讶，窃禹步见之，依然葛叶尔。保名大愕，谓庄司曰："葛叶二人，真伪叵辨，暂入他室竢之，我邌正之。"庄司颔之。保名入宅告归，葛叶出迎，无相异矣。保名曰："今日过天王寺，归遇舅姑，谓访友于邻村，后必来，宜办酒饭。"葛叶喜，入房乳儿，保名扫室设席，且窃窥葛叶动作。葛叶怀儿摩顶，流涕谓曰："我欲侍汝长，告实而去，何图世缘尽于今日。汝能听我言，我本非人，信田丛林白狐也。由汝父助我命，假为葛叶娘，止死酬恩。荏苒经岁月，及得汝，爱怜之情日深，不能复去。今也真葛叶娘来矣，汝母事之，务竭孝养。我相汝，非久在草莽者，必受金紫之荣。且所失加茂氏秘书，我知其贼。然隐显有时，盛衰有数，汝及成童，应以其书兴家，再彰父祖之名。信田氏复旧，握右伏诛，亦在其时。我亦阴保护汝。唯忠孝大义不可忘，读书勤学不可懈也。"言了，书歌于障而去，曰：

吾恋儿兮儿恋吾，虽世缘尽情何疏。

悄然割爱归旧区，信田之庄是我居。

白露泫兮葛叶濡，孤枕不眠与谁娱。

25

葛叶

多年绸缪一朝虚，望梁月兮泪涟如。

宠仙子曰："晴明为阴阳博士，卜筮如神，能通幽冥，故以灵狐附会焉。尝闻花山帝①信佛，有遁世之志，乘夜出宫，潜幸元庆寺，路过晴明居傍。时晴明避暑于前园，仰观天象，惊叫曰：'怪事！怪事！天子避位。'帝闻之急走。晴明即夜奏天变，宫中始知之云，其精于星历如斯。若葛叶一事，唯演剧所传，不能知其详。或曰：朱雀帝②不豫，诸医不奏功，有道师道满者，奉诏祷佛，七日无验。时晴明童稚，自伏阙请祷，群臣不信，使道满检其学力，应答如流，立挫折道满。众佥惊叹，奏以修法，便设坛于清凉殿，斋戒祷神祇，即日有验。至七日，御恼全愈矣。以功列朝臣，赐姓安倍，以兴祖父之家。所失秘书，实道满窃之，遂捕道满拷讯，果得之。仍械道满系狱，道满破狱而逃，以妖术集党为贼，源满仲击诛之。道满子某传术，又集党，窃匿洛东，欲以仇源家。一夜，以妖术为大蜘蛛，入赖光寝房，赖光觉之，拔刀斩之。其臣渡边纲、坂田公时等，寻血痕追迹，获诸将军冢，捕诛之，悉平其党。此事正史不载，仅传谣曲，

---

①花山帝：指日本第65代天皇花山天皇，公元984年至986年在位，因情困而剃度出家。
②朱雀帝：指日本第61代天皇朱雀天皇，公元930年至946年在位，后让位于胞弟，皈依佛门。

而稍异之。赖光与晴明善,后击大江山贼,贼亦行妖术,晴明授破术之法,竟平之。此皆稗史所传,恐齐东野人语①也。然数百年间,喋喋说之,未必可谓无由,姑记以竢后证。"

----

①齐东野人语:比喻荒唐而没有根据的话。齐东:齐国的东部;野人语:乡下人的话。出自《孟子·万章上》:"此非君子之言,齐东野人之语也。"

果心居士 黄昏草

天正年间，洛北①有果心居士者，年六十余，葛巾道服，须髯如雪。在祇园祠树下揭《地狱变相图》，舂磨割烹，惨酷诸刑，历历逼真，使人战栗不胜。居士自把钩谕示之，说因果应报之理，劝善惩恶，以诱导佛道。老若②群集，掷钱如山。

时织田信长③治畿内，其臣荒川某，睹而奇之，还告右

---

①洛北：京都北部地区。"洛"原指中国古都洛阳，在日本被引申为京城、京都之意。
②老若：老少。"若"在日文里是年轻的意思。
③织田信长（1534~1582）：日本承前启后、绝世无双的一代枭雄，被誉为"战国风云儿"，安土时代之开创者。1560年，织田信长在"桶狭间合战"中大败今川氏，登上历史舞台。此后，他以"天下布武"为目标，征战四方，几乎结束战国乱世。1582年6月2日，织田家重臣明智光秀背叛，率军猛攻夜宿本能寺的织田信长。织田信长纵火自焚，结束了波澜壮阔的一生，终年49岁。

府①。右府使人召之，展幅座傍，彩绘精密，阎罗鬼卒、诸罪人等，殆如活动。观久之，鲜血迸出，叫号幽闻，试以手拭之，无附着者。右府大怪，乃问其笔者，曰："小栗宗丹②祈清水观世音，斋戒百日，遂作之。"右府欲之，使荒川氏达意。居士曰："我以是幅为续命之宝，若亡之，箪瓢罄空，不能全生也。然强欲之，请赐百金，以为养老之资。不然，不能割爱也。"右府不喜。荒川怒其贪，且谄右府，将有所图，窃告其意。右府颔之，乃赐钱反之。居士去。

荒川追居士往。日将昏，渐遇山麓，时前后无人，捕居士曰："汝吝一画贪百金，我有三尺铁，可以与汝。"言未竟，拔刀毙于路傍，夺幅而还。明日，进右府。右府喜，展之，则白纸而已。荒川愕然，流汗透衣，以欺主之罪，闭门蛰居。居十日，一友人来告曰："昨过北野祠老树下，一道士揭幅集舍财，容貌衣服与居士无异，得非居士哉？"荒川大怪，欲赎前罪，率卒到于北野。到则渺矣。荒川益怒，然莫如之何。既而及盂兰盆会，诸寺修佛会，或曰："居士在清水寺设场诱俗。"荒川喜，急从徒而到，往来纷杂，憧憧

---

①右府：织田信长曾任右大臣。日本套用中国的"丞相府"一词，右大臣也被称为"右相府"，简称"右府"。
②小栗宗丹（1413~1481）：室町时代中期著名画僧，将军足利义政御用绘师。

如织，而不见其所在。驰驱索搜，无相似者，悒郁失望。归路过八坂，居士在一酒肆，坐榻而饮。卒认之，告荒川。荒川窥之，果居士也。辄入肆捕居士。居士曰："暂待，饮了将往。"倾数十碗，饕餮渐尽，曰："足矣。"即就缚而去。直坐厅前，诮之曰："汝以幻术欺人，罪大恶极。若以真物献上，宜免其罪，若匿而言讹，应以处重刑。"居士呵呵大笑，谓荒川曰："我本无罪，汝媚于主，杀我夺幅，其罪至重。我幸不伤，致有今日。我若死，汝何以赎罪？如幅任汝夺掠，我所有其稿本耳，汝反匿之，欺主以白纸，而为掩其罪，捕我求幅，我安知之！"荒川奋怒，欲拷掠得实。而上官疑荒川，因诘责荒川。两人纷争，不能判，乃囚居士于一室，严鞫讯荒川。荒川口讷，不能辩冤，颇受苦楚，肉烂骨折殆垂死。居士在囚闻之，谓狱吏曰："荒川奸邪小人，我欲惩之，故一时与酷刑。子告上官，实非荒川所知，我明告之。"上官召居士讯之，居士曰："名画有灵，非其主则不留焉。昔法眼元信①画群雀，一二脱去，袄遗其痕；画马，马夜出食草。是皆众人所知也。顾右府非其主，故脱去耳。然初以百金约价，若赐百金，或有复原形乎！请试赐我百金，若不复也，速奉返焉。"右府奇其言，则赐百金，

---

①法眼元信（1476~1559）：日本室町后期画家，狩野画派第二代传人，擅长山水、花鸟等，曾担任室町幕府的御用画师。

东齐谐

展幅，画图现然。然比诸前画，笔势无神，彩泽太拙，仍诘居士。居士曰："前画则无价之宝也，后画价百金者，安得相同哉！"上官诸吏不能对，遂免二人。

荒川弟武一者，悲兄遇苛责，筋骨摧折，欲仇视居士杀之，密追迹往。又见饮于一酒肆，跃入斫之，众皆惊散。居士仆床下，乃断其酋裹帛，并夺金而去，还家示兄。兄喜，解帛，则一酒坛耳，二人愕然，见其金，则土块耳。武一切齿，告右府物色索之，渺不可知。久之，门侧有一醉人横卧，鼾如雷，谛视，则居士也。急捕之，投狱中，不醒，齁齁惊四邻，至十余日，犹未觉。

时右府在安土，将西征，率军馆于本能寺。光秀①反，弑右府，执洛政，闻居士有仙术，开狱召之。居士渐觉，乃至光秀之馆。光秀劝酒飨之，曰："先生好酒，饮几何？"曰："无量，不及乱尔。"光秀出巨杯，使侍臣盛酒，随而饮，随而盛。倾数十杯，缾已罄矣，一坐大骇。光秀曰："先生未足乎？"曰："觉少实，请呈一技。"有屏画近

---

①明智光秀（1528？～1582）：织田家五大将之一。1568年，光秀因建议织田信长帮助足利义昭夺得幕府大将军之位而得到信长重用。但信长为人反复无常，屡次当众侮辱光秀，并剥夺其领地，害死其母亲，光秀不堪忍受，遂举兵反叛，宣称"敌在本能寺"，率一万三千直属军团进攻织田信长投宿的本能寺，终于逼使战国霸主织田信长自尽于熊熊烈火中。"本能寺之变"是日本历史上的重大事件，极大程度上改变了日本的历史进程。

江八景，舟大寸余。居士扬手招之，舟摇荡出屏，大及数尺，而坐中水溢。众佥惶骇，褰袴①偕立，俄然没股。居士在舟中，篙工荡桨，悠然而去，不知所之。

尝闻西阵有片冈寿安者，业医，颇好仙术。有一道士见寿安曰："子有仙骨，宜修道。"乃授一仙药，大如枣核，服之，身轻神爽，不复念谷食。一日，与奴争，怒甚，以杖击之。忽有道士曰："汝俗心未脱，不能入道。"乃举钩击背，所服仙药自口出，道士取而去。自是复贪食如常。或曰："道士则果心居士也。"

---

①褰袴：提裤。

狸 技

隈本藩臣林某，年未弱冠，暇日钓于近郊之沼，获鱼半笼。金乌渐没，归路过废寺门，半扉才开，中有二八佳人，妖娆鲜衣，开扉流眄。林生踌躇，不得进，女扬手招之。林不觉入门，殿廊倾颓，轩朽壁破。女推户入室，林亦从入，蔺席纸窗、曲屏坐褥之属，稍与外观异。林怪问曰："寺中无僧侣耶？"曰："无有，妾与母日前移居焉。母到邻村，今宵恐不还。少坐供点心。"乃入后厨。待之，久寂无声，时皓月照牖，室中如画。忽闻喷嚏声，一人自屏后出，光顶礧然，赭颜如斗，双眼炯炯，把铁如意，身丈六七尺，扼腕叱曰："何者竖子，妄入我室！不去，一击之下齑粉。"林生吃惊，蹴户走出，室中吓吓大笑，遂弃钓具而逃。翌告朋友，皆笑曰："子为老狸所欺，空寺讵有是等人耶？"

东齐谐

有毅生者，自夸武技，曰："今宵仆试之。"乃往鱼肆，买鱼盛笼，携竿昏暮过废寺门，果有佳人，姊妹三人戏堂前。见毅生，招而伴室，设茶果及酒馔。毅生不饮不啖，以见其动静。一人曰："君不好饮耶？"曰："余不嗜茶，又不好酒，卿等有技艺，请为之。"女曰："古执君子，不好饮食，艳情可复不解？然则呈小技。"三女开扇而舞，罗衣蹁跹，若蝴蝶飘风、泛鸥戏波，俯仰翱翔，极丽尽态。生观而茫然，忘复在魅中。既而，三女皆无头颅，两手捧之，以掷空中，又互换头如弄球。忽以一头掷于生，头在膝上，哑然而嗤。生怒，以头返掷之，拔刀斫一女。忽然在后曰："妾在兹，盍速斫？"生又斫之，去在屏风上，嗤曰："妾在兹，盍斫之？"生又斫之。三女齐嗤，满堂哄然，倏失其形，惟见月影倾檐，跫声唧唧耳，而笼与鱼既空矣。生怒益甚，然无如之何。归告诸友，众议纷纷，未有良策也。

有一医生亮甫者，狡智刚胆，颇有学才，谓众曰："仆请三日间，一扫其窟。"众佥危之。亮甫归宅，盛饭与肉于箪，悉和毒，别携瓢酒与野肴，待夜到废寺，阒不见一人。偶为良宵，乃坐南窗，对月酌酒，自言："观月不如独，废寺寂寥，避世脱尘，快不可道。"独语独酌，频倾瓢。忽有跫音，咳嗽一声，一僧推户来，头秃面皱，年七八十，伛偻如蠖①，被缁衣、操念珠，徐徐占坐。亮甫曰："子何为者?"曰："贫道前住僧也，久在他方，遭西乡氏乱，所居罹兵燹，不得已流寓诸方。昨又归是寺，荒废无主，且无供养佛者，欲募布施以再兴。身老病起，加之饥饿不能步也，客携酒食观月，愿惠少许，再生之恩，何以报之。"言讫，泣涕如雨。亮生初信之，徐闻其话，如言语不续、五音不调，以为怪物。复设策来，为信之曰："始闻尊师履历，仆亦不胜悯也。所携甚粗餐，师若不厌，尽赠之。明日又携精馔访师，且应告旧知，募资财，以谋再兴。"乃与饭肉，提瓢而归。

明日诸友来，以问畴昔颠末。亮不详语，相偕到废寺，寺中无只影，唯有空箪耳。因索四隅，佛殿后有老狸，吐食而毙，大如巨獒，毛色杂白，盖经数百年者。

尝闻是寺未废时，僧修彼岸会，有一美童，拜佛听经，经毕而童不去。和尚熟视之，容貌端丽，颜欺玉。和尚甚喜之，以为士人令息，有所感而归佛者。延伴丈室，说以佛道，童唯唯听之。日已昏，和尚馈粝面，童大喜，啖无际，殆三倍丈夫。和尚奇之，益爱之，约再来，贻以泥金印笼，童厚谢而去。翌日，仆扫墓地，一老狸缠藁索、腰印笼而死，肚膨如鼓，盖多食面不化而绝呼吸者。是狸与前狸相偶者欤！

---

①蠖：尺蠖蛾的幼虫，生长在树上，行动时身体一屈一伸。

缢 鬼

毛人蒲生君平，被酒，夜过绫濑川堤，醉步蹒跚，仆而又起。急欲上厕，距人家稍远，于路傍，矢于丛间。忽有抚髋者，冷而软。欲执之，退而在后，呵呵而哂。君平以为猾狸为恶戏，自若不动，彼亦数抚之。君平徐徐伸手，待其抚执之，唯是一条布索，少有腥气而已，乃踏之足下。事毕，欲投之河。忽有一妇，年可二十，蓬发粗服，瘦颜如病，急止之曰："请返我。"君平怪曰："汝一妇人，更深过堤，且戏弄行人，何其大胆也，如此污物为何用？"曰："妾缢死之鬼也，以此索绝命，今欲复用之，请速返之。"君平曰："汝既殒命，非阳世之人，何以复用之？"曰："非子之所知，不返，恐有惊。"言未毕，乍变形，头如酒瓮，眼如巨杯，口如张伞，裂至耳边，吐舌尺余，两手握发，喷血而进。君平笑曰："伎俩止于此乎？何其拙也。"鬼再变面，

东齐谐

忽生双角，巨手尖爪，一跃欲攫。君平益笑曰："幻容不足观。"乃钻燧，悠然喫烟。

妇人复本形，俯伏曰："妾不知豪杰，妄为鄙技妨行路，罪不轻。愿返其索，欲求代人免苦役。"君平曰："汝既死矣，何以苦役？"曰："死后未得转生，为土地神所役，昼夜酷使，不能堪命。使得一代人充之，妾欲择好地，生人间。偶有某氏之妇，为姑所嫉，日夜怀怨恨，使彼代于妾，妾得免焉。"君平曰："噫！汝误矣，人寿自有命，禀之天，长短不可动。若半途杀之，其人非命也。非命而死，其鬼亦怨之。不特怨之，杀者亦乱定数，必受冥官严罚。汝今愿生于好地，若杀人重罪，安得善果？彼若欲自死，宜妨之，全其寿救其命。积善积恶，幽显何异？汝在幽间，亦复造罪，永劫沉没恶处，可不能再出于阳世禀幸福。能忍苦役，积岁月，岂无消灭之期！冥官亦不使无罪之人永处苦役，其熟思之。"妇人喜拜谢，时远鸡报晨，东天将白，妇人漠然失形。乃寸断其索，沉水而去。

韩退之曰："无声与形者，物有之，鬼神是也。"然则何以与人言谈？如蟋蛄蟋蟀，身中自有发声器，鸣则喧四邻；如介虫鳞族，虽巨大者，不具发声器，默不能言也。鬼本无形，焉有发声器？无形无声，何以人得闻其语？或曰："凭依有声与形者言之，而见其幻容者，则心目之病，所谓神经变动也。"然则蒲生氏所见而言，近邻妇人为鬼所佣者欤？

阿娟苏生

浪华贾人镰仓某，为屈指豪富。有一女，殊丽绝世，名阿绢，自婴孩，乳母抱之，日游近邻。邻有鬻烟草家，其儿亦美貌，年相若也，名国藏，共为嬉戏，殆如双玉。年渐长，以贫富不同，自为关隔，相见甚少矣。

阿绢及笄年，贵族某氏之息见而悦之，乃求冰人委禽①，父母许之。一日，阿绢观演戏，凤钗锦带，华妆骇眼。众不观戏，反见绢。国亦在下场，隔仅一寻，不图见绢。绢亦见国，双眸盱睒，秋水生波。国欲近接语，以众婢围绕，不能言也。因以为幼时共游，携手而戏，分糕而啖，今则为霄壤之差，我若同阀阅，结同衾之契不为难，恨贫富异等，不及兹而已，遂悒闷为病。绢亦见国，忆起旧交，心

---

①委禽：纳采。古代结婚六礼中，有五礼需要男方向女方送上雁或鹅作为贽礼，所以称纳采为委禽。

中慕之，同为郁病。深窗之中，自咏长歌，合弦低声唱之。又书，使乳母窃贻于国。国得而大喜，重病稍得痊焉，而绢病益重，父母忧之，百方求治，未见其验。国虽生育贫家，好读书史，暇乐吟咏，偶见乳母过，赋一诗窃赠阿绢。绢开而见之曰：

咫尺如千里，云梯不可攀。

一夜孤床梦，为蝶入帘间。

绢和之曰：

不厌仙山远，与君挈手攀。

富贵非我愿，相共避尘间。

国见而益喜，屡以乳母为赠答，绢由是病少愈，而嫁期已逼矣。父母亦恐违约，欲卜日为礼，以为："不嫁则叛父命，嫁则不得达志，心中案一策，莫若称病异房，彼若怒追之，则幸也；若强逼之，唯有一死耳。"谋已定，使乳母告情于国，截发一握与之，决然乘舆到婿家。

先是婿某有爱妾，闻执柯既成，妒心不能禁，发狂投井殁，婿不复为意也。既而彩舆入门，忽一阵腥风自庭外起，华灯尽灭，不可辨咫尺。妾某朦胧立舆傍，舆中有声，舆夫亦惊而倒。婿大怒，拔刀斫妾，渺失其形。乃照灯开舆，绢已死矣。众佥愕然，招医诊之，脉既绝，肤如冰。不得已，又与骸而还。经两日，葬于香花院。

国闻之悲叹，以为："我亦不永存于世，生不能相见，空埋黄土，然死后未久，欲掘而见其容貌。"其夜，窃携锄至葬处，发掘开盖，绢一叫抬首。国乃起之，以花饼之水含口，少选得苏焉。因语颠末，潜伴国之叔母某家，与共商量。叔母本新街之妓，惯事者，私与数金，俾到赞①之丸龟，盖以国之伯父业客舍也。二人乘船到丸龟，伯父亦有侠气，能养二人。乃使绢教儿女弦歌，国助伯父之业，掌账簿计算。绢之诗意于是乎征②矣。居三年，镰仓氏夫妻诣金毗罗③祠，宿其家，见屏风有绢歌笺，意怪之。问婢。婢曰："家主之侄自浪华来，其细君所书也。"夫妻益怪，呼舍主问之。主审语之，乃召二人，夫妻见绢，喜极而泣。于是谢舍主厚意，且感叔母良计，尽报其恩，开镰仓氏支店于丸龟，使阿娟妇主之云。

宠仙子曰："死人再苏，自古有之。赤绳所结，未必不果。有缘则不远千里，况贫富乎；无缘虽隔一墙，则不能相见。造物所作亦巧哉！"

---

①赞：指日本南海道赞岐国，俗称赞州。
②征：证明，证验。
③金毗罗：又作禁毗罗、宫毗罗，药师十二神将之一。

岩渊右内

岩渊右内,镇西某侯藩士也。有故辞禄,寓于京师堀川。一日到嵯峨,日暮过郊外,有一少妇,号泣路傍,声甚悲。岩渊怪之,近问其故?曰:"父为一猎夫所获,命将终。"岩渊视之,素颜娇容,双眸含愁。因问:"何以妄捕之?"少妇曰:"妾实非人,栖此山中狐也。父误陷机阱,今系猎夫庭树,命不待旦。愿仁人怜之,若得全命,将以厚报。"岩渊感其孝心,将以救之。乃与少女抵其家,果系一狐,猎夫在傍磨刀。岩渊推户而入,欲说猎夫购之。猎夫嗔曰:"汝亦同族者耶?为士来,我何畏?"岩渊笑曰:"我非狐,堀川隐士岩渊某者也。闻汝获狐,欲购以救之,价则任所请。"猎夫熟视,急低首谢前言,且请其价。岩渊乃与金若干,解缚放户外,少妇亦再拜而去。

居岁余,岩渊一子患痘,颇罹重症,医师亦难之。岩渊大忧，祀神祈之。一夜，梦有白衣神，告曰："君令儿痘甚重，非庸医所药。我能守之，必勿忧，过三日即平愈。我前年为猎夫所获狐也，受君厚恩者，将报万分之一。"言毕梦觉，果三日后，病全愈矣。岩渊大喜，则建小祠于庭隅祀之。

一夜，神又入梦曰："君有剑难，宜舍双刀为商贾，若鬻谷，必得重利。"乃授一纸曰："以此为买卖。"觉后见之，书米价一年高低。岩渊喜，试买米，果得赢利。未三岁，颇极富饶。一日，到东山，黄昏憩一茶肆，有二壮士又来憩焉。谓岩渊曰："君容貌太肖我所寻仇家某氏，欲斩之，数抚刀，以为某者不须臾离长剑，因又疑之。今来此视子，子则贾人尔。子若带长剑，误毙我手下。吁！亦危矣哉！"相共笑而去。岩渊忆："前日微狐告之，尚未为贾，为彼所斩者。幸而全命，是亦狐神所守也。"益尊其灵。

后有躄①人乞食者，褴褛百结，一少妇扶之，亦颜色憔悴，殆如鬼。岩渊见躄人，曩所购狐猎夫也。岩渊怜之，问其所以零落。猎夫流泪曰："闻忏悔亡罪，请说其由。前捕一老狐，以为奇货也，则使我女假为狐，欺旅客，叹愿贪财，其女即是也。今又遇其客，客则富豪；我如此贫且病，

---

①躄：跛脚。

恶因之报，可惧可惭。"言终，泣涕如雨。岩渊以为："彼虽为恶策，使我至于此者，我不可复不报。"乃厚惠之还。

摘浪华东男所记。

宠仙子曰："老狐有灵，能知百岁之事，而不知自陷机阱，何其不明也。谚曰：'卜者不知其身。'狐仙亦与卜者同耳。芝山下有卜者，占坐桥傍卖卜，行客围集，妄说吉凶惑人。有侠客傍观之，卜者见侠客，谓之曰：'君有灾厄，不祈禳，恐不免。'客曰：'禳之如何？'卜者曰：'我七日间每晨行禳法，请与金若干。'客笑曰：'子亦有祸厄，恐不免。'卜者艴然曰：'我以卜为业，卜日卜地，以占坐，非他人所知也。'客曰：'子果为无厄耶？'曰：'然。'客愤然扼腕，捕卜者投桥下，曰：'我言有验如此耳。'不顾而去。"

友　雅

福本某，浅草豪贾也，性嗜诸技，别号友雅。构别墅小梅村，有暇，招优人歌妓，棋客帮闲等，观花玩月，以耽游戏。

一日，剑客勇二者来告曰："根岸橐驰师多培养蕙兰，绿叶白斑，中杂紫带，盖无比异种也。君盍一观焉。"友雅最爱盆花，将往而购之，偶帮闲顽孝者亦来，相与闲步，到根岸里。到则橐驰不在家，请其妻，入园纵观。诸花烂熳，各稀世之品也。憾无主，约再来而去。

时将晡①，乃登一酒楼饮。宴已酣，顽孝嚅呢②滑稽，使人解颐。勇二曰："邻舍有一女，虽技艺不精，颇有姿容，聘之，可以扶酒宴。"友雅亦有好色之癖，欲急迎之。

---

①晡：申时，即午后三点至五点。
②嚅呢：厚着脸皮向人媚笑。

勇二曰："请仆往而伴来。"久之渐来，年过三七，明眸绿黛，娇娜恼杀人，服虽不甚丽，亦不甚野，不施红粉，皓如白玉。友雅大喜，乃乞一曲，固辞不唱。顽孝亦频请，妇人不得已调丝弹歌，莺声宛转，使人悲喜。友雅劝杯，问其籍，妇人赧然，低首不言。勇二曰："是妇实旗下士某氏细君也，父母已没。夫亦得微罪罢职，无几罹重病，经年而没。无亲戚养之，落魄至此，仅以弦歌教儿女糊口耳。"友雅闻而怜之，惠数金慰之，且爱恋其姿色，流涎不思还，连倾数杯，玉山将颓。时已二更矣，顽孝亦酩酊，殆不能步。勇二与妇谋，卧友雅于一室。顽孝过量，枕臂沉睡。夜半，蓦然而觉，呼婢，婢不来，剔灯求友雅，不知其所卧也，以为与妇睡于温柔乡。跼踏窥之，阒无鼾声。照烛见之，友雅仰卧，衣褥狼藉。顽孝怪之，近视殆如死者，抚之冷如冰。顽孝大惊，急呼家人告之。一家慌忙，求勇二及妇，不在也。盖勇二与妇谋，缢杀友雅，夺金而奔也。

妇伴勇二归居检囊，仅三十余金而已，意不甚慊①，然以犯大罪，不能潜居府下，眷一二衣服，与勇二至常②之姚浦，寻一知己寓焉。居月余，囊中既罄，殆逼饥渴，遂投妇于一酒楼为唱妓，改名华。勇二得些金，再来江户为幕下士

---

①慊：满足。
②常：指日本东海道常陆国，俗称常州。

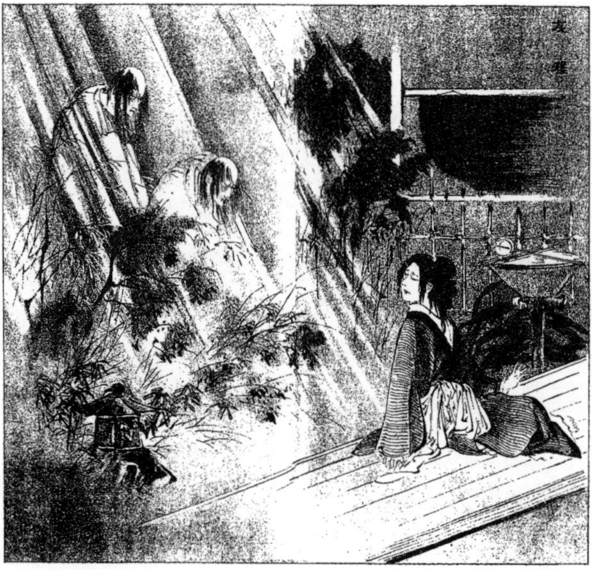

某氏仆。时明治之初，官军逼幕府，壮士结党，大战上野。勇二亦与其主加于彰义队，中丸死于乱军中。其友虎次者，本姚浦奕徒，与事某氏为马丁，见某氏战没挺身，潜匿农家，逃归姚浦，复以奕为业。一夜，登酒楼聘华，谈及上野战事，华于是始知勇二战死。然毫不悲，反为去赘疣之思耳。

先是，有商家保佣才助者，宠华，屡游此楼。华奇货之，逞媚以荡其心。骗术之巧，忽使古板之人为放心之徒，为费主家，至打破饭锅。迷梦未醒，携匕首，至华家，请谋同死。华欺曰："以刀刺身，或有不速死者，且觉蔑衣服不洁，不若没水速死也。"才助可之。其夜更深，至海岸，俟潮候而没。华素熟于水者，潜泅波归家，唯濡夏衣一领耳。翌又侍宴嚻媚，人无得而知焉。

奕徒虎次连捷攫挐，大充囊橐，爱华，日夜宠之，遂偿情为妾。华性好酒，醉则裸体舞踊，丑态不忍见。虎次屡叱责，及加鞭挞。华不惩，久之，酒毒渐发，加以癞病，发脱肉烂，臭秽不可近。虎次益厌之，不迎医与药，且连日取败，米盐将尽。华苦病，又苦贫，欲死不能死。一夜，欲开户上厕，水盘之傍有人屹立，谛视，友雅与才助也。华愕然一叫入房，自是夜夜见次鬼，身神益惫。而虎次逃债出奔，债主来促，唯病妇一人卧耳。邻人恤之，时时煮粥贻之。村中有一老僧，专修慈善，闻其将陷于死地也，使医诊之，与药加疗。于是病稍得痊，然紫黑为斑、鼻陷口曲，无复旧态矣。僧以为是必有旧恶者，故果业于此世也。因欲为罪障消灭，剃发为尼，使拜神庙佛阁，喻以其意。华大喜，僧则贻袈裟佛衣，邻人皆饯之，华则为尼而去。

先是，友雅为二凶所缢，其夜，乘轿还家，招诸医诊之，胸间少有暖气，乃注汤含药，天明得苏，一家大喜。顽孝及优人俳歌香茶诸友，日来慰之，经二旬而全愈。才助亦为渔舟所救，幸以旧里人伴而还家。父母喜其全命，厚谢渔夫，欲再还故主。以其多费金，无辞于谢，劝到于江户，事于商家，乃求缘。不图为福本氏之佣，惩前事，尤谨慎。居三年，主人殊爱之，主人则友雅也。

友雅偶欲乘春暖诣善光寺，顽孝及才助、健仆二人担行李从焉，讨幽探胜，行步甚乐。经数日，抵长野。春和之候，行香者甚多，星货连肆，百戏设场。友雅数人拜佛龛下堂，有一尼叩钲唱佛名，才助见之，尼亦见之，忽变颜色。尼复见友雅，畏怖欲避之。才助走捕之："汝非华乎？"尼曰："请免之。妾今如此，已入佛门，君亦忘怨，速成佛。"友雅怪之，问："是何者？"尼曰："君尚迷乎？愿免罪，共成佛。"友雅熟视曰："岂是根岸之妇欤？何至如此？"尼唯合掌唱佛名尔。才助曰："汝思我死耶？我未死，主公亦未死也。"尼曰："然则二君在世之人耶？何屡显形恼妾？恐非人也。"友雅笑曰："此自恼神经，瞥眼所见也，我曹何恼人为？汝悔旧恶而至此，洵为可感。"因备说苏生之事，尼流涕涟如，只谢旧恶耳。友雅怜之，厚惠而还。

宠仙子曰："世之见鬼者，大率皆由于神经，其人不死，鬼岂安得别为形哉！鬼而有形，且众人现见之者，后人演戏尔。余未为见鬼之罪，故未知鬼情，又不知鬼技也。"

累　女

　　高柳清左，肥前岛原藩士也，有故去乡，来下总国埴生村。村有地藏堂，堂主某为清左族，客寓焉。未几，堂主没，村人以清左能书，暂为堂主，授书童蒙。东邻有与右者，夫妻已没，一女名累者继家，年既二九，有姿色，与清左日相见，四目流动，眼睑欲言，遂搂而私之。村人有知者，以告里正。里正以为，若清左所谓鸡群一鹤，永留村中，为便不尠也。因媒，以为累女赘婿，乃袭前人名，更改与右，伉俪殊厚，累亦事夫贞烈，为众所赏。

　　累以惯农，出耨畦，误伤蝮蛇。蛇怒啮足，痛不可忍，倒路傍。邻人负而归家，毒满全身，浮肿如瓜，急招医。医亦庸手，不能速治。其夜，热气上升，颜如箕，眼烂发脱，渐过三月痊，而右足偏跛，眇一目，鼻齃唇曲，复无旧态矣。然事夫益慎，与右渐厌之。邻村有寡妇曰若，好酒颇淫，与右与之亲，大约起卧若家，累知之，无毫妒。与右益忧之，遂欲与若谋杀之。

时及仲秋，累出圃刈豆，束而脊之，黄昏，过绢川堤。与右往迎之，直挤水中。累没又浮，欲泅登岸，若在堤下，逼而溺之。累把若手，欲与堕水中。与右举足蹴之，累大声呼救。与右恐闻于他，以镰刺累喉，命绝，沉水而归，尸漂邻村之湾。村人走告与右，与右伪哭之，以为贼所杀。众佥曰："贞直之人，何以遭惨酷如此？"郡吏来检，唯苦无踪迹，遂葬之。居月余，里正又媒寡妇若嫁与右。若与与右不治产，日耽酒食，于是家产渐衰。偶举一子名菊，天资羸弱，若亦屡病。

先是，累族有助藏者，为藩士仆，仕江户邸，以年老归故乡，晚过绢川堤，逢累脊豆来，相互祝健。助藏见累颈间鲜血流，怪问之。曰："触镰伤耳。"匆卒别去。明日，助藏访与右，而累不在也，因问之。与右曰："殁已三年，今日偶丁忌辰。"助藏为戏强之。若在傍曰："累实殁矣，妾来续弦，尚有一子。"助藏曰："昨逢累绢川堤，颈间流血，曰：'伤于镰。'死者岂与我谈哉！"与右愕然变色曰："所见恐他人，不然，为狐狸所欺者！死者岂与君谈者，昏暮误认耳。"话及他，若乃入房，少选以镰自伤颈，出擭与右襟曰："汝忘与若谋杀我绢川堤耶？"颜色声音与累无异，鲜血淋漓，欲开口而嚼。与右惊愕，一拳倒之，走出户外，招助藏曰："若实疯癫，狂语如是。今自伤颈，余欲迎医，兄请暂护病妇。"助藏不得已抚慰之，若既复已，而流血不止。与右伴医来，诊之，疵太重。若见与右，又曰："汝忘绢川事耶？"邻人来访，尚如常也。见与右，忽怒眼叫。邻人皆曰："是怨魂所祟，宜供养佛，则修百万遍者。"与右亦手念数，唱佛名，累显形立人后，乱头苍颜，颈血滴衣，吓吓见与右而笑，众不见之。如是连夜，毫无验，而病妇日夜乱叫，骂与右不息。

或人曰："饭沼弘经寺有僧祐天者，道德超众，能度群生，请迎祐天。"众佥然之，使人请之。祐天来，对病妇说法，且授谒。病者大喜，始忘苦恼。修三日，无复鬼显形。病旬余，唱佛名而没。与右惭悔，遂为祐天弟子，圆头黑衣，更名祐海。里正亦养育菊，使继家云。

尝闻僧祐天，陆奥国岩城新妻村人。年甫十一，立志欲入佛门，父母喜之，携来江户，为增上寺学寮主团通和尚弟子。天资奇鲁，教经百遍，不能诵一句，师日严责之，顽如也。祐天自奋激，断食祈宗祖法然庙，七日无验。或说下总国成田不动明王灵验，因窃到新胜寺，断食而祈。二十有一日，梦不动明王以利剑刺胸间，恶血逆流，精神始觉爽快，自是学力顿进，颖敏超众，三千龙象①，无出其右者。后住下总弘经寺，济度累女，则在弘经寺之时也。其后五代将军纲吉公母桂昌院君召祐天，使讲法然遗书，遂转增上寺主。久之，退隐于目黑村某寺。享保三年，以八十二岁殁。

---

①龙象：水行中龙力大，陆行中象力大，故佛家用以比喻诸阿罗汉中修行勇猛有最大能力者。

比翼冢

都城西郊骊乡有比翼冢，为平井权八及情妇小紫同葬之处。闻权八因州藩士，标致秀丽，有张昌宗①、在五中将②之风采，加之武技精练，为万夫之敌。尝以爱狗之故，杀同藩某，匿身窃来于江户。夜过铃森，贼数人遮途围权八，曰："悉出囊金，以赎一命。"权八曰："余西国贫士，无半钱贮，故日夜兼行，欲到东都干禄者，请愍察焉。"贼曰："无钱不得过此，脱衣服刀剑与之，不然身首异处。"权八曰："士岂可裸体无刀而去哉！想汝等为此业涉世，必有所

---

①张昌宗（？~705）：武周时春官侍郎，美姿容，为武则天面首，封邺国公，一度把持朝政。
②在五中将：指日本平安时代初期"六歌仙"之首在原业平（825~880）。其相貌俊美，才华横溢，曾任右马头、左近中将，官阶从五位上，世称"在五中将"。

获，请少惠我，我复他日报之。"贼怒曰："此奴面美而舌长，速可送冥府。"执棍棒打之。权八急翻身，攫一贼掷之。二贼自左右进，权八沉身在一贼后，固拳扑左肋，贼一叫而倒。于是众贼齐进，权八扑彼倒此，殆如弄木偶。魁者见之，拔刀斫之，避而押一贼，魁者误斫贼。权八以为："是辈皆无赖恶徒，与生而遗世患，不若杀而除祸害。"遂挥刀斫魁者，尚毙四五人，众惧其捷勇，无敢斗者，皆负伤而逸。权八拭刀笑曰："噫！野鸡弗雏，不见射也。是亦旅中一兴。"吟谣曲去。

有人见始终，呼曰："壮士请止。"权八顾之，一侠客自竹兜子出，卑辞曰："仆江户花川户①幡随长兵者，视客手技，知非常流，愿寓我家，我亦为君绍介。"权八喜，相与到江户，客寓幡随氏。以地近于北里，屡游于廓中。某楼有妓小紫者，姿容婀娜，有倾国之艳。权八与之亲昵，胶漆不啻，偕为同穴之誓。然以乏财，不能屡到，窃杀旅客夺财，以为酒色之资。如此数次，遂为幕吏所捕，于是旧恶尽露。罪案既定，终遭严刑。

小紫闻之，不堪悲哀，其夜，出廓到刑场，自以匕首刺喉而没。亲戚怜之，乞骸同葬于骊乡。其墓现在民舍篁林

---

①花川户：江户町名。

中，墓侧瘦竹一根双竿，于今香华不绝，人谓之"比翼冢"。

明治十一年，清国大使翰林院侍讲何如璋、副使候选知府张斯桂等，始来我国。公务之暇，纵览远迩，墨水、芝山、浅草、王子等，趋车赏游，余亦屡与清客交。一日，观菊于骊乡，拜不动堂，饮于某楼。前园菊花将盛，坐间谈及比翼冢事。二公欲观之，乃召楼斯养为导，相距仅三丁。入一民舍园中，果有双冢。何氏口吟曰：

> 千岁痴儿魂，化作鸳鸯竹。
>
> 交枝复交叶，下有鸳鸯宿。

张氏亦和之曰：

> 双双薄命儿，魂魄留苍竹。
>
> 相吊休哀愁，鸳鸯无独宿。

余亦步其韵曰：

> 贞魂在九泉，化作双竿竹。
>
> 细细露犹香，又看胡蝶宿。

与供香去，再归楼，割鲜喫晚餐。日既暮，桂轮吐云，蟋蟀泣露，乃乘醉缓步，途过小桥，道左有人伫立，一男一女，见余揖曰："先生将归耶？"余视之，门生某也，拉妻赛不动佛，归路待同游者，些谈而别。二公问余曰："他何人也?"余乘兴诒①曰:"比翼之鬼也,谓余曰:'偶辱贵客吊慰,剩赐瑶吟,贱名将传海外,荣誉何以加之。肃奉谢,以语不通,请先生告之。'言毕灭形。"张公曰:"吾辈宦游蓬莱,探讨名胜古庙,交接贵贱老少,今又见百年之鬼,无复遗憾矣。恨不逢安期生②而求不死之药也。"相共一笑,驾车而归。

---

①诒:诈言。
②安期生:方仙道创始人,人称千岁翁、安丘先生。传说其得太丹之道、三元之法,羽化登仙,被奉为上清八真之一。历代文人墨客对安期生咏赋颇多。

茨城智雄

茨城，某幕下士也，精于剑枪之术，以年老，不敢教人。有二子，兄曰武雄，传家法，技艺尽熟，膂力胜众。弱冠，父母殁，嗣家袭职。弟智雄，年才十七，标致纤丽，宛如妇人，而武技精熟，最长拳勇之术，常为同僚所畏敬。

一日，诣浅草大士，游人纷错，摩肩连袄。有一令娘，袄服华妆，几及破瓜，从两婢见戏场招牌。醉士二人蹒跚来曰："阿娘在兹，盍与余登楼酌一杯？"娘惧，欲走避。醉士捉袂不动，两婢遮之。一士怒扑婢，娘掩面而泣。一士欲攫带去，婢泣止之。士益怒，若鹞攫雀。众见，无遏之者，且以其带长刀，畏祸及于他也。智雄偶来此，以为彼辈醉人，说之不可听也，不若一击惩之。忽把铁骨扇挞一士右腕，一士忿曰："何者妨我事？"欲固拳打，智雄转身斜击头颅，目眩而倒。一士叫曰："这奴不惜命者，为我剑下之鬼。"乃欲拔刀斫。智雄跃身击其腕，刀从而堕地。智雄笑曰："懦夫安得斫人？汝等携刀，徒惊吓人耳。若国家有事，侔①木偶泥塑者，真太平蠹贼也。"言未毕，进击右腕，一蹙倒之。谓娘子曰："可速去，是辈非日暮不能步也。"娘与二婢喜谢而归，智雄徐徐微笑而去。

时明治戊辰②，东西骚扰，官军入府，幕下壮士结党大战上野，武雄亦在彰义队中，战破，走于奥羽，终战殁函馆云。智雄在家，知不可免，忽运一策，求髢③为女装，着母遗衣，自傅红粉，花脸柳腰，嫣然处女也。既而官兵来逼，严搜索幕党，捕智雄问之，曰："二兄昨已去矣，妾与老仆守家，不知其由。"掩面而泣，官兵搜四隅去。智雄托家于亲戚，欲暂隐身俟时，幸为女装，便于避世，为所谓顺礼者④，草鞋箬笠，脊橐而出。

时信越奥羽，尽为战场，转方到甲之身延，以聊有旧知也。途过小佛岭，有贼四五人，圜坐奕于路傍。智雄问前

---

①侔：等同。
②明治戊辰：1868年（戊辰年）1月，德川幕府宣布天皇颁发的《王政复古大号令》为非法，幕府军随即与天皇军在京都附近爆发激战，"戊辰战争"由此开始。天皇军大举东征，平江户、定东北、收北海道，势如破竹，最后于1869年6月27日攻下幕府残余势力盘踞的最后据点五棱郭，戊辰战争结束。
③髢：假发。
④顺礼者：巡回参拜佛寺、灵场者。

程，甲曰："距上原仅三里，阿娘去何处?"曰："诣身延山也。"魁首者熟视，以为奇货也，携卖于妓楼，可得百金，急耳语其徒。乙丙二贼立智雄左右曰："我曹欲为娘子授幸福，甲府有柳巷，金殿琼楼，真人间之极乐也。欲使娘子游于此，盍与我共到?"智雄曰："我欲拜佛，不好游于他，日将夕，请辞。"丁贼曰："拜佛有何功德? 不若到柳巷，锦衣腴食，择好男、睡绣床之乐。以娘子标致，少施骗术，得财如涌于地。若不从我曹之言，轮奸取快，杀以充下物。想娘子臀肉，亦必美味。请决意以答之，娘子一身在地狱天堂歧路。"智雄笑曰："此山曰'小佛'，何图群鬼妨途! 余不愿锦衣腴食，腹稍枵，请有酒少惠之。"丙贼曰："此娘不似姿容，何其大胆。"首贼起曰："汝等暂休，如此佳人世所罕，我先试一尝，后谋事非晚也。"直欲捉智雄，搂林中。智雄自若不动，忽伸猿臂，绤其右手，一喝掷路上。甲惊，从后抱智雄，智雄挥臂，冲其左肋，甲解手而倒。乙丙二贼自左右握拳进来，智雄沉身而退，乙丙互打。丁拔刀进，智雄反身蹴其腰，丁斫空而倒，触石脱刀。智雄速夺其刀，甲亦拔刀进，智雄以刀背击其腕，甲堕刀，腕瘘坐地。乙与丙皆以刀背见击，或眩或卧。首贼渐起，欲挥刀斫，智雄笑曰："俸槁人者，杀之无益也。"一击右腕，不使刀挥，又以刀背击其两足，首贼倒不能动也，匍匐如龟，大呼曰：

"五品君许我，我辈罪恶深重，自今改志，不再为恶，愿赐一命。"智雄吓吓大笑，坐路傍石，视众贼蠢尔。徐拾烟具，喷烟曰："我非天狗，安得称五品。汝等乘世乱，妄劫行旅，实哀民之蠹也。我今杀之，如斩死人，勇士所不为。尔后复正业，以为涉世之谋。我实男子，有故避世者也。"丙举首熟视曰："君非茨城氏二君乎?"智雄顾讶曰："知我，汝何者?"丙叩头曰："君为女装，故误为娘子，愿恕罪。仆事先君，履奴可内也。"智雄近视，果然。因喜其无恙，可内乃诰首贼曰："是我旧主令息，武技绝伦，真万人之敌也，盍俯首谢罪。"首贼流泪曰："仆亦事贵戚某氏者，以酒癖破饭锅，遂以奕为业。欲为正业，乏于资本，不得已如此。尔后必改业，可以齿常人。请来仆栖窟，聊以谢续命之恩。"

乃与群贼至一废寺，殿庑颓败，苔满草茂，门侧有一小室，才御雨露耳。贼皆忍痛飨之，团坐谈笑，厌酒食，睡翌，又甲乙等购酒肉来。智雄曰："室甚陋，佛殿左傍尚有空室，盍移居?"可内曰："仆辈初居彼房，有怪夜夜为仇，不得已栖兹，想寺僧为怪所杀，以故无住者。"智雄曰："人岂畏怪哉！我捕之，以为下物。"众谏之，不闻。其夜，携一刀，单身入房。可内谓众曰："郎君或为怪所恼，若放声，协力救之。"众佥然之。是夜，山月升树杪，清光照窗榻。智雄曲臂横卧，时将二更，忽闻足音跫然，一美少年，长袖纨裤，嫣然来坐曰："阿娘宿兹乎？山寺无主，当寂寥。"其声如裂绢，复不甚亮。智雄危坐，首肯耳。少年抱智雄曰："美哉阿娘！请与我共睡。"欲横倒之，颇有力。智雄想是老猴怪，手爪恐锐利，暂任他为。窃捼①阴所，狭长与人异。少年大悦，嚛嚛笑而不息，遂忘幻容，变为老猴，闭目开口，唇将覆面。智雄阴拔刀，自口贯背，极力挑之，猴一叫毙。众闻其声，照烛走来，视之，大如人，毛色斑白，锐爪如鹫，若相与斗，纵杀之，必为锐爪所伤，智雄窥其虚刺之，可谓智矣。众佥喜，乃扫室设坐，割所获猴烹之，味不甚佳，然亦山中珍馔也。

居数日，将辞而去，众咸惜之。首魁与可内送到甲府，开宴于一妓楼。智雄笑曰："我将为子所卖来此，楼主或以为娈童耶？"众为一笑。翌，告别而行。智雄有叔为僧者，居身延山麓某寺，备语府下扰乱，谋暂潜身。僧亦喜，乃扫一室，使日读书。久之，都下归宁静，又有募文武之士议，因欲还都，就奉职之途。僧亦不留，且曰："山路太崄，宜买船下富士川，两岸风景，足以悦耳目。"智雄从命。偶仆可内来，曰："江户镇静，将军退于水户，郎君盍还旧邸？

---

①捼：摸索。

或有青云之梯，仆亦悔前非，愿依旧为履奴。"智雄诺之，将辞以上途，吟一绝曰：

> 池头蛙战罢，山下斗秋妍。
>
> 谁识鸡园底？三旬脱俗缘。

僧笑曰：余亦和之——

> 黄花含露艳，枫叶入秋妍。
>
> 流水鸣琴筑，新声导旧缘。

乃书笺而与，智雄谢而去。翌，买舟下富士川，舟中出笺数吟，结句如稍不解，以为匆卒之吟，不加练耳。舟抵岩渊，智雄常患胃病，在僧寺不久发，因思浴温泉，转路到热海，投某楼浴焉。

先是，本所豪商福山氏有女曰阿馨，尝从二婢诣浅草观音，突然遇醉客，为智雄所救危。急迫之际，见智雄，恋爱不能忘，遂郁郁为疾。父母大患，百计求治而无验，因使老婢探意，始得其实。兄甚六，以好音曲，多交少壮，渐得知为茨城氏二子，而问之，出奔不知所之。阿馨叹慨，益思慕之。父兄慰曰："其人在世，使汝嫁非甚难也，若没战地，无如之何。然使易者筮，未必死，待时有遇，惟应健身俟之。"阿馨少慰意，日念观音，祈其无恙耳。

一夜，梦身在高楼，对山临流，枫叶烂漫，斜阳照林。有一士着木屐步园，立树下，评水石，隔玻璃窗见之，则智雄也。急着屦下庭，将接言。智雄飘然升空中，惊捉其衣。智雄执其手，共浮然离地，婢在下危之，大声叫呼。愕然而觉，孤灯欲灭，鸡声报晨，梦中极力捉衣，手犹痿。翌，医师来诊曰："脉气稍浮动，精神颇觉壮，宜浴温汤。"父兄然之。阿馨念山下之楼如在客舍，或得逢情人，喜而诺，遽戒李，从二婢及医师竹菴抵热海。馆主以豪家令娘，延西北新楼。山容水态，树木园庭位置，与所梦无毫异，阿馨大喜。居十余日，更无其人，阿馨甚闷。

竹菴不知其意，诙谑笑话，以娱其意，然不甚悦也。老婢亦忧之，请馆主借琴来。阿馨泣曰："弹琴亦无益也。"老婢曰："何以无益乎？"曰："曩梦来于此，既过十余日，未见其人，梦之不可信如此。"言毕而泣。竹菴慰之曰："仆游于京师，少学唱歌，请唱之，愿弄一弹。"阿馨调丝弹琴，竹菴唱歌，如破瓦釜，一座绝倒。

先是，智雄在邻楼之下，颇苦闲寂，出园徘徊，忽闻琴声，仰望楼，阿馨亦临下，不图见智雄，赧然磕头。智雄亦对之，徐步眺览树石。阿馨告老婢曰："郎君在彼，梦乎？真乎？"老婢见曰："真矣。"使婢下楼谓智雄曰："君非茨城君乎？"智雄曰："然，何以知之？"曰："阿娘相须①久

---

①相须：七情之一。

矣，日夜念大士，今始有验，请共来。"智雄不解其意，随婢登楼。阿馨喜，先谢畴昔救难之恩。智雄已忘，问其由，婢诰以浅草一事，智雄渐忆起，而讶其识姓名。婢又言其兄甚六，遇智雄之友某氏审知之。因开阿馨妆筐，出小照一叶，示之曰："是非尊貌乎？"智雄视之，曩日所摄影小像也。婢曰："娘子慕君为疾，将就木，阿兄悲之，幸遇某氏，始知尊名，且强乞其所藏小照。娘子秘爱，日夜不离身，聊得慰疾，君请怜之。"智雄默然，既而酒肴陈列，竹庵噤呃，使人捧腹；阿馨亦奏琴，雅操清响，鱼跃鸟舞。智雄于是思叔僧所和诗，"新歌（声）导旧缘"之句，心窃许之。夜已阑，阿娘发笑，红烛流泪，金罍①交飞，玉山将颓，此后细事，记者亦不能知，看客察之。

既而，三竿日升，一浴将理装，福山氏厮役携阿兄书来，曰："严君俄病，诸医束手，命在旦夕，请遽来。"阿馨愕然，茫乎不能言。厮役频促，智雄在户外闻之，入喻阿馨，劝归，且曰："我亦迩日还宅，跻青云之梯，必不违约。"阿馨喜，即日飞轿而归。智雄曰："好事多磨，是人世之常。"居旬余，身神益健，遂归东都。族某擢在上官，推举智雄就职。于是以媒委禽，福山氏大喜，乃选吉日为

————

①金罍：饰金的酒器。

婚，伉俪殊厚。无几，举一子。后三年，叔僧来，智雄厚谢旧恩，且问曰："何以知将来？"曰："多年苦行，自然有知，复何学哉！"想是僧亦非常人也。

案：《本草集》解狒狒，其面似人，红赤色，毛似猕猴，有尾，能人言，如鸟声，力负千钧，获人则先笑，而后食之。猎人因以竹筒贯臂诱之，俟其笑时，抽手以锥钉其唇着额，候死而取之。或曰："猴之别种。"或曰："猴经岁为狒狒。"未知孰是。兹所载笑而忘形，所谓狒狒者耶！盖甲州自古多猕猴，如彼猿桥，始于群猿系藤萝架桥，终以为名。近时铳技盛行，士民弄之，以故猴鹿之种甚少。想数年后，才见图画知其形耳。

象

亚非利加①人搭载一象来神户港，大丈余，能驯人，稍谙技艺。国人购之，设场供观，颇获巨利。居于京坂岁余，到长野县，将之东京。途及犀川，雨后水溢，架以舟桥。盖舟桥者，横舟上敷长板也。桥吏谓象主曰："大象过之，恐不能支也。请连巨船，加厚板，宜投二十五金，速营之。"象主太苦，且恶其贪，踌躇不决，沉思久之，乃谓象曰："汝过桥为危险，宜涉水。涉焉则与糕，使餍足。"象吼一声，若解意者。因使能泅者为导，其余皆乘背，徐徐至中流，深仅七八尺。象身过半，而水势急激，奔荡若雷。象悠然进步，恰若巨岩，冲水转腾，散为雪花，旋分左右。遂乱流而涉，见者莫不拊掌惊叹。

---

①亚非利加：非洲。

既而到东京，开场于浅草，延众供览，迨演技，若顽然不晓，象主百方指挥，尚自若也。一人曰："曾涉犀川之日，有与糕之约，今而不果，是必求报者。"象主曰："我忘矣。"延之罪，急买糕与焉。初市五圆金，忽啖之，犹不饱，又加二圆金，于是动作如故云。

宠仙子曰："象之为兽，庞然尤物，生长山野，固非亲人者，况来万里海外，无母子舌舐之爱，无牝牡①相怀之情，独在陋室，为众所弄，唯所欲饮食而已。今数口人以此兽为奇货，以养家眷，象则主也。欺主而失信，彼岂以劳报之为哉！《易》曰：'中孚，信及豚鱼也。'② 豚鱼固无知不灵，远于人者。然以信则感之，矧为主而仰数口衣食者乎！"

---

①牝牡：飞禽走兽的雌性与雄性。
②出自《周易·中孚》："豚鱼吉。信及豚鱼也。"

义 猫

府下两替町有时田氏者,家颇富豪,鱼商某每朝来而鬻鲜。家有老猫,待商求食,商亦爱之,必与小鲜一二尾。偶商患疫,旬余不来,猫察其贫窭,窃衔椭金一枚,去往商之家,置其枕头。商怪之,然以穷迫计极之时,遂充药饵之用。后又衔一枚,将出户外,忽为家人所捕,批而惩之。其翌主人假寝,猫蹲其侧,觑其熟睡,欲窃启箧,衔一裹金。主人觉,捕而付奴曰:"此妖猫也,不必利家。"遂扑杀之。偶鱼商来,欲以久病钱罄借贷也,先问猫安否?主人告其由。商流涕曰:"是为我殒命也。"乃语衔金来之事,主人始悟欲盗金酬恩于鱼商也,因贷所衔之裹金,又使商厚葬之。

洋　狗

洋狗慧敏，其鼻通神，他兽所不及也。一洋客赁芝公园中居焉，一婢盗财而去，不能知其踪迹，而自己衣服皆携之，仅遗一巾焉。主人使狗嗅其巾，相偕至寺门之外。门外列车数辆，皆待客者，又使狗尽嗅其车。至一车，频嗅之，因问其夫曰："前夜不载一婢二十岁前后者乎？"曰："载之。""去何处？"曰："神田某町。""请载余到其家。"到焉，果得捕婢。

呜呼！狗不言，嗅而知贼，造物赋智亦多端哉！

秦吉了

优人市川左团二以百金购秦吉了①,言语明亮,与人无相异。爱之如子,亦能驯,而性颇慧猾,与客谈,则为主客之言,甚喧嚣。因移笼于空室,曰:"阿爷置儿于寂寞之地,意甚幽郁。"妻不得已与之谈,终日无厌,然有不适意者,默而不言。诮人之失,讥人之过,又能骂人,一家为之粲然。尝呼仆乞浴,乃供水盘,出笼浴之。浴了,上墙干羽,仆思其逸,屡促入笼,不顾,忽逸林中,不知所之也。仆大惊,索之不得,一家忧苦,百计术极。左团二自外归,烦闷殊甚,急募数人,以走四方,终无踪迹,及夜皆归。左团二曰:"他育笼中,恐不能高翔,非为鹰鹯所攫者,明日再搜索。"言未终,梁间有声曰:"儿在此,儿在此。"一坐

---

①秦吉了:一种与八哥类似的鸟类,产于秦中,可学人语。

惊喜，遂梯捕之，其狡如此。

　　呜呼！禽情与人情何异？悲喜苦乐，亦是相同。世之养鸡鹜者，杀之啗之，他虽不言，岂无悲叹怨恨哉！鸡鹜犹然，况于马牛乎！

蚁 城

下野国安苏郡嵌川村兵藤氏，世业农，居傍一库，岁久，柱脚朽腐，欲命工修之。已除板，板下有蚁窟，盛土营之，东西二尺余、南北一尺五六寸，环以垣，殿堂门庑、楼橹亭阁，规模精密，殆如王宫。蚁王在高堂，群蚁朝之，威仪整肃，罗列不乱序，有如奏事者、有如议政者，有如问者、有如答者。少顷皆下拜退，各入诸房，如有所守。午后，又集厅如前，而门庑守卫之卒，不知几百千，时时交替，或从上官进退，或与同僚徐行。其窟皆在郭外，出入往来，不敢乱行，负重者让路，力不胜者扶之，虽不辨男女老幼，无凌弱侮少之态，进退举动，规律自备矣。

兵藤氏见而甚感，欲不毁其居修库，然新下柱，则不得不除之。因移藁席，置诸库外，制作坚牢，如蜂窠蜗壳。小厮误倒锄，损厅之一角，又毁外垣数寸。翌，视之，蚁王集众，恰如开议事。议毕，群蚁分队四出，每队有主领，使运般泥土，一一查之，以入郭内。郭中又有监督之者，指挥督促，以补缀损处。若有怠惰者，群蚁噬而杀之，处刑者日日不下十五六。经旬落成，严然复旧观矣。

一日，群蚁集内外，拜王及上官，屯集各处，为抃舞歌谣之状，想祝王城移转，修缮完成也。恨蚁声不入人耳，其所议所谣，不能得而听焉。居旬余，库亦毕工。于是群蚁再穿叠石之间，日夜来往，憧憧若织。久之，尽入库下，而故居空虚，寂无只影矣。盖在暗处，俄移明处，身神不安，彼必思非御寒养老之地，因再修旧地，以营栖窟也。

兵藤氏性慈仁，乃任其意，使营居，不知其居胜于前否也？明治二十六年六月，某新闻载之。夫智力之进，骎骎①乎如无所底止，昆虫鱼鳖之智亦异于古也欤！

尝闻昔有一小蚁，路上偶得米粒，负而归，告蚁王曰："臣获一物，外黄内白，尝之，味甚甘美，可以充三月之食，不知为何物？"蚁王熟视曰："是禾实也，谓之米。人常食之，运般之际，误遗路上耳，若鸠鸡辈视之，一啄尽之。幸汝得之，洵天之赐也。"小蚁曰："闻人者长大多食，不知如此者，年食几个？"蚁王曰："米粒几亿，以大鼎炊

---

①骎骎：马跑得很快的样子，喻进行迅速。

之，待其熟，则盛巨碗；一碗数万粒，大率以二三碗为一餐。一日三次，肉蔬称之。"小蚁笑曰："久矣，王之欺我也。"遂不信焉。庄叟曰："大声不入里耳。"① 岂特蚁也哉！

---

①出自《庄子·天地》："大声不入于里耳，折杨皇荂，则嗑然而笑。"

小　人

　　朝仓藩臣平井某，夜在房独酌，忽有一小人，长才三寸，冠服俨装，如朝臣，对某行礼。某有胆气，默见其举动，须臾，十四五人如从仆，整列行室中。一人指盘中炙鱼，众皆环视，长官制之，率众而去，入于破壁之间。既而，有两奴来入盘中，欲携鱼而去。某以小弓射之，应弦而毙，一奴周章，弃而入于壁中。久之，长官率七八名，俯首叩头，如谢罪，乃到死人之傍，拔矢负骸而去。某甚怪焉，明朝，搜索之，堂下有鼠窟，众鼠散乱，唯有一死鼠耳。其夜，某梦有一官人，乌帽素袍，白须垂胸，正笏拜曰："臣住此多年，未敢毁损器物。昨顽奴误秽君之馔，忽为飞枪殒命，罪在其身，无所怨焉。后君公索我巢窟，众皆散匿，不复安居。愿借一处，以为生息之地，必不为祸害也。"某

小人

曰："苟不偷食伤器，许之，若为微害，乃无有孑遗。"官人再拜而去。尔后，虽白昼横行，无毫为害，饭粒堕地，无复食之。《诗》曰："相鼠有礼，人而无礼，胡不遄死。"①或曰："有一种礼鼠者，见人必为礼。"此鼠之类也乎！

---

①此处原作者引《诗经》文有误，应为："相鼠有体，人而无礼。人而无礼，胡不遄死。"出自《诗经·鄘风·相鼠》。

泷 藏

　　江户深川野口氏，有保庸泷藏者，信州筑摩郡农某二男，年甫十六，谨直笃行，为主所爱。常信崇洲崎辩才天，暇往行香。正月上元，拂晓诣祠，途遇一老僧，苍颜白须，被缁衣、持念珠，谓泷曰："使汝速还家。"乃以巾覆面，抱而徐行，未十武，曰："至矣。"解巾而去。瞥视假山林泉，非主家园，茫然坐一树下。久之，有一士，见泷讶问曰："自何来？"曰："我野口氏庸也，一老僧携来此，不知谁氏之园也。"士曰："是萨州鹿儿岛藩某氏后园也。"少坐，告主谋之。既而主人来，年五十有余，未接一言，自伴一室，使其臣厚遇焉。

　　先是，有一僧乞食，此日修清正神祀，分神供与之。僧曰："贵家无嗣，我授一子。"众佥不信，以为戏也。翌，天明，亦来曰："已携一子来，可以嗣。"言毕而去，众怪之，既而得泷，以故宠之。

是日，有东征之命，某氏为一队之长，乃率卒从军，谓其妻曰："归后有所谋，勿使彼出于门外。"于是起卧一室，殆如幽囚，甚苦郁闷，唯仆婢时来慰长闲耳。居数月，闻某氏战殁于奥地，一家愁伤，如暗夜失灯。泷亦思乡切，欲逃，不知前途；欲走，无一钱贮。坐而食、卧而泣，不能如何也。园隅有小祠，问之，为辩才天。泷大喜，其夜密往祠前，叩头祈归。祈已七夜，偶睡祠前，有人打背，惊顾，在野口氏后庭。主人及厮养等集，问所以来？泷具话前事。主人曰："是必为天狗所攫者，急告故乡。"二亲以失踪迹过半岁，以为已死，为修佛事吊之。忽得主家之信，其父自来江户谢主，共还故乡，今尚营农云。

摘《奎星录》所记。

宠仙子曰："前业论天狗事，世不可以正理论者，皆谓天狗所为，天狗岂携人飞行千里者哉！中人之体几百斤，虽幼弱者不下五七十斤，不知深山幽谷之中，有鸷鸟十倍于人者，神灵凭依，以为此等之事耶！顾余辈亦天狗之一类，而不知天狗之所以为天狗。吁亦迂矣哉。"

藤生救雀

藤氏三郎，关西书生也。读书天德精舍北院，有雀巢于砖间，生雏五六，翼已成，未翱翔也。三郎时时投饭粒与之，众雀喜啄之，如是数旬。

一日午睡，梦有一奴跪阶下，曰："老公有危厄，非先生不能救，愿枉驾光临。"生不解其意，将问其人。忽有高车促乘之，飘然如升空，直至一堂中，红帷翠帘，设榻延生。有一叟，年七八十，须发皓美，葛巾道服，携两童出，殷勤稽首曰："我有大厄，愿赐一举手劳，事逼眉睫，不能犹豫。平生蒙鸿恩，未酬一毫，尚为不情之请，出不得已，冀救济之，他日必有所报。"言了潸然，泣涕如雨。生甚讶之，曰："余关西一书生，单身客寓于此，无友无侣，复无亲戚，何以得救尊家之急？"言未毕，子女奔走："仇入境矣，不去殒命。"悲泣叫号，满堂如沸。生益怪，曰："仇者何？"叟曰："我居此多年，上不事王侯，下不伍众庶，虽无秩禄之俸，自在收养之给，是以子孙蕃殖，世世占素封①，虽洞天福地，不可过之也。何图顷者有一巨蟒，长数百丈，眼如百炼镜，齿如连利刃，鳞如缀铁版，舌如吐猛火，若吾曹五六入腹中，胍肫然瞬间消尽。昨已歼西邻同族，今将窥我居，请先生为奋一臂，不然，吾曹恐无孑遗矣。"藤生愕然，以为如此巨蟒，一人安得当之？欲救他，反自殒命，谚谓"不以腹易背"，不去偕葬于蛇腹，急振袂而出。叟与儿女捉不放，生怒一叱之，猛然梦觉，冷汗淋漓，气喘未定。

时斜日照檐，群雀甚喧。谛视，有小蛇，自檐间窥雀巢，相距仅尺余。一雀在后啄其尾，檐瓦仰耸，不能转身。生以为是也，急把长竿突蛇首，蛇不堪痛，翻然堕地，乃以槁索缚之，放后山数町之外，曰："再来夺命，勿敢遗念于雀巢。"自是蛇不复来。久之，一朝群雀集藤生房檐，鸣如有喜。是日有命，登用某省试补，无几，进数级云。

---

①素封：无官爵封邑而富比封君之人。

飞 鼎

　　山城国宇治，有茶贾宫本某，年老无子，祈神生一女，名阿清，明眸皓齿，颜如蕣花，二亲殊宠，掌玉不啻也。年及二八，以甥仁右者为赘婿，伉俪特厚。未几，二亲殁，阿清亦罹痘，颇为重患，死而苏者数。阅三四月而痊，痘痕如蜂窠，睑反唇曲，甚极颠丑。仁右渐厌之，不复同枕席，阴购一茶肆之女为妾，置之邻坊。既而举一子，益恶阿清，怒骂苛责，代拳以鞭，殆无完肤。阿清毫不怨，谨慎能事，莫何之如。

　　一日，近村有祭祀，村人集为演剧，仁右携阿清行观焉。归，路过宇治川堤，时前后无人，推挤水中。偶雨后，水势如激矢，与浪共去。仁右归家，遂为逃亡，不复追求也。于是纳妾为妻，衣服妆奁悉与之。居月余，其子复患痘，甚为难症，经数月渐痊，颜复如阿清，而丑倍之，夫妻忧之。

时近初秋，仁右往京收债，夜冒雨归，过宇治桥。忽见一团阴火，飘飘然自下流来，直到面前灭，腥气冲鼻，冷汗濡腋。一妇人伫桥上，俯面问曰："妾欲到宫本氏，愿指示之。"仁右讹曰："我宫本氏仆也，子有何故来？"曰："妾有怨仁右者，某月某日，欺妾杀于水中，妾欲报之。"言毕举面，则阿清也，容貌狰恶，口裂到耳。仁右惊走，误触栏干而仆，阿清吓吓大哂。仁右忍痛而趋，如有物追，急叩户而入。自是手足萎腝，不能步行，每夜三更叫号曰："阿清来矣，扑我脑我。"辗转不眠，至鸡鸣少睡。诸医束手，诵经施僧，更无微验。遂白昼叫唤，曰："阿清又来压我胸、掩我口。"病月余，终绝食而殁。其子亦病，叫号如父。

偶有村人为僧归省者，往访宫本氏，说其子及其伯父曰："江户深川灵岩寺中有僧珂硕者，道德殊胜，为一宗活佛，能退恶灵、度迷鬼。往而请之，或有去病除祟。"伯父喜之，乃乘其子竹兜子到于江户。先是，珂硕夜坐念佛，忽有女鬼踞几前，珂硕曰："何者半夜入房来？"女鬼曰："妾宇治宫本氏妻，为夫所杀。"因备述颠末，愿脱患苦，得佛果。珂硕乃授十念，赐名清云尼，又授菩萨戒，鬼喜而去。数日后，宫本氏子与伯父来谒，珂硕则延坐曰："阿清既成佛矣。"伯父惊曰："师何以知之？"曰："畴昔之夜，来求化脱，因授戒，除障碍，儿之病亦应平愈。"伯父与儿大喜，又受十念，身神始健。居七日，病全痊，而面色亦去丑。时珂硕名声渐喧，信徒日集数十人，厨间烹茶之鼎才容数升，不足供众。伯父与儿谋，欲寄赠斗大之鼎。归来，命工铸之。

鼎成，欲携而到江户，业务鞅掌，荏苒经数日，将理行李就途，忽然失鼎，以为贼所夺，然门户皆锁，不见携去之迹。四方搜索，无所获焉。因念师活佛也，或知鼎所在，急拉儿来于江户，直到庵谒师。师曰："厚意惠鼎，足以供数人，子先喫茶。"伯父讶之，乃视鼎已在炉上，沸沸卷涛。二人益惊，遂入其门为弟子。鼎今在奥泽村净真寺。寺珂硕师所创立，世谓之飞鼎。是宽文年间事也。

珂硕师一代事实颇有奇谈，大约《净真寺记录》载之。或曰："鼎重数十斤，飞到百里之外，何者负担之？"曰："是所谓佛妙智力，不可以人智测也。"余未窥佛智，不能详其理，姑因传记志之尔！

熊　人

浪华有鹤泽某，以三弦名，其弟子梅生者，又能熟之。梅年二十有二，丰姿秀丽，为众所爱。鹤泽氏有妾，居邻巷，性亦多情。梅屡访问，意气投合，遂钻穴隙而通，漆胶不窬，共以死生誓。鹤泽知之，严禁锢其妾，使他人不通。

梅打破饭锅，不能糊口，去适东国。途经木曾山，时将溽暑，行人甚罕。忽有一阵腥风，草木震动，天色为暗。梅甚怪，踌躇不进，怵然立路傍。有巨蟒闯然出于树间，头如数斛桶、眼似百炼镜。梅吃惊，急走山下。蟒亦来逼，开口吐气，如沃热汤。梅瞑眩倒崖傍，崖土崩陨，颠然堕深壑中。偶雨后，浊水涨溢，哮吼如激矢，流数十町，至桥下，水稍缓，为流木所遮止。日既昏矣，偶有村人过，视而怜之，乃按胸间，才有微动。因衔药抚背，少选苏生，则告颠末。村人伴而归家，点灯视之，面色漆黑，手足亦同，唯两眼炯炯耳。村人知其遇毒雾，不复甚怪也。梅借镜见面，惊极而泣。村人曰："是非医药可治，宜浴温泉疗之，上毛草津最适之。"其夜宿此，翌，谢而去。

既而囊中已罄，手足挛痛，不能复弹弦。自以为至草津尚数十里，徒饿死途上耳。且全身如此，人以为妖为怪，纵不饿死，或遭殴击，不能命。不如为熊人乞钱，人或为以墨涂抹者。乃脊衣为裸，身唯一裈，蹲于户前，曰："我丹波国猛熊也，愿赐一钱，可以一鸣。"人与之钱，则嗥嗥鸣号。众皆揶揄大笑，且曰："世之乞儿为熊人者，其涂抹甚粗，渠施墨十分，无毛厘之隙，而其色非寻常之墨，何其巧也。"于是颇得多钱，遂抵草津，日浴温汤。

偶鹤泽某与妾偕来，以久苦于痔疾也，昼则浴泉，夜则售技登场。一日，在浴室见梅，以容貌相变，不知为梅。其夜，待鹤泽出场，窃至鹤泽旅室。妾见愕然，欲下楼避之。梅把其袖曰："我梅也，卿为不知，何其不情也。"妾又惊，畴昔浴室所见之黑人也。梅欺曰："余闻卿来此，急以油墨涂一身，变容貌，慕卿来，盍怜吾志，思旧情。"妾始知梅生，竟复缱绻。居旬余，梅生渐复原姿，手足亦愈。妾谓梅曰："归期既逼矣，盍携妾遁他邦？"梅素有此意，遂使妾偷金及衣服，乘夜而奔。鹤泽竟场而归，妾已去，衣服咸失，怒甚，然薄其不贞，不复怀之。

东齐谐

又居月余，贮路费，治行李还。梅与妾出中仙道，售技熊谷驿，颇得众望，乡人亦学弦者多，乃赁屋教之。无赖之徒日集，大约以赌博为事，以故无良家儿女来学者。时春仲，属彼岸会，有佛寺开龛之举，老若杂沓，百戏设场。奥人携一熊儿来，应弦歌，使跳踊。一日，弦人疾起，不能登场，因佣梅生。梅生则登场，奥人喜梅高手，及昏，人散后，劝酒飨之，而忘食于熊。熊饥甚，突然脱樊，一跃噬梅左臂。众皆骇，欲捕入樊，猛威不可当，遂把棍棒击之。熊益狂奔，走堕水田，众追乱扑之，熊遂毙。梅驾竹舆归，鲜血淋漓，痛不可堪。医诊之曰："骨节已碎矣，恐不复旧。"乃傅药而去。渐经旬余，痛苦已除，而左腕不复为用，血液才循环，不能把物。由是不能弹弦，益极困穷。妾不以为意，日与博徒饮。

有龟五者，日饮数升，醒日甚少，谑名曰"泥龟"，以醉如泥也。然少醉喜歌唱，声调颇美。妾又与泥龟通，而虐对梅，日呼以废物，骂詈不堪闻。梅怒，以菜刀斫之，裁伤右颊。泥龟趋来，调护维持，务谋和平。夫妻少解，乃暖酒偕酌，使梅熟醉，遂与妾奔。天明酒醒，而妾不在室，衣服什具，一空如洗。梅悔甚，赌友饮客，无敢吊者。以妾不在家，且囊筐空亡也，不得已谋之邻翁。邻翁曰："为世之废物者，欲全性命，莫若为僧。"幸有无主小庵，乃募旧友，集钱买僧衣、剃发，为同乡熊谷寺某和尚徒弟，称佛名，叩木鱼，仅得保命云。

泥龟携妾历二毛①之间，而妾菜刀之痕渐发激痛，紫肿流脓，遂腐烂半面。霉毒，终失一目。渐经数月，得小瘳，而发脱骨露，奇丑不可见，殆似鸠槃荼②。龟亦每赌失败，尽亡本钱。龟自幼能弄蛇，偶有小儿捕一蛇将杀者，强乞得之，使妾鼓弦，自弄蛇乞钱。后不知所之。

> 宠仙子曰："梅生通师之妾，罪不可容。逃遇蟒毒，盖冥罚也，遂为熊人。疗病及瘳，再拐出其妾，又为熊所伤，为废人。既为假熊，天之所戒也。梅生不惩，尚行不义，故遭真熊害，竟入熊谷寺为僧，终始以熊为夤缘，可谓奇矣。幸为僧，或可免堕于熊胎耶！妾初见禁锢，不与逃遁，免巨蟒之毒；再与梅通，弃主逃逸；又与龟通，弃梅而奔。不贞亦甚矣！遂随弄蛇人之乞食，免巨蟒而嫁蛇人，贫苦攻身，天之所罚，皆引缘故，非偶然也。"

---

①二毛："毛"指日本古代行政区划下的毛野国，分为上野国、下野国，统称"二毛"。前文有"上毛草津"，即指上野国草津。
②鸠槃荼：佛典中食人精气之鬼，亦译为瓮形鬼、冬瓜鬼，常用来比喻丑妇或女人的丑陋状。

灵魂再来

筑前国那珂郡老司村有左内者,为农家之豪,性慈仁,好读书,常惠邻人,专修善事。尝语众曰:"凡人不可知者,死后灵魂所归也。如地狱天堂,本是印度古说,为劝惩设焉耳,识者所不道,而浮屠氏①徒喋喋说之,不得不使人疑且惑。然未闻有一人自幽冥归,说其苦乐者。我死,将必再来告有无,以解人疑惑。"子弟村老不信之,或有面从而阴毁者,或有坚约而俟告者。儿孙半信半疑,复不以为意也。

既而天保甲辰六月,以八十一岁没,长子左助嗣家,忌辰必修佛事,虽经数年,更无信矣。众咸谓老人食言,徒戏弄人耳。

---

①"浮屠"即佛陀的异译。"浮屠氏"指出家的僧人。

后过十四年，安政①四年四月某日，其孙儿有微恙。一夜，卒然坐褥，谓左助曰："余汝之父也，为果生前之约，今自冥界来。死后欲速来而告，冥法严戒，不得与阳人接。今得冥王勅许，将以告冥事，请速招亲戚友朋来。"言语音声，俨然亡父也。

左助大惊，乃驰使招众。且曰："世有狐狸之类，凭依人以欺诳者，愿为解疑示其证。"儿首肯曰："然。"则话所有田园段亩，因悉述之，毫无违。左助于是益信父神灵，恭敬待之。既而亲戚朋友及邻村优婆塞等聚来，儿曰："我生前聋左耳，今尚然，请有问，自右边语。"众交问之，皆答之。其略曰："人之欲死也，太苦。

少焉脱体，唯如行暗中，久之，至明处，清凉无秽，快不可言。而人家村落，与人世无异，各村有守神，神出则俯伏拜之，不知何人也。凡前死之人，皆集合，欢乐游戏，谈笑相喜。父母及七年前所死妻，今皆同居，无业无职，无为而起卧耳。其中有贵贱贫富之别：生前或修学导人，好施积善者，皆为贵富，居高楼大厦，享众之尊敬；奸恶贪鄙，行为不良者，为长者所役，常苦劳力；窃盗劫掠，杀人祸世

---

①安政：日本第121代天皇孝明天皇之年号，时在1854年至1859年。

者，别在一所，今尚斗争无已；或阳世为恶，至于死不露者，最受重刑，此辈与我曹异处，不能详知也。但五十年前死者无见，或至于上界，或生于人间，或在恶所不能出也。

为说汝等，务行善事，崇神敬祖，专慈悲、去污行，常谋和合，勿为诈伪；时清扫墓地、修祭祀，灵魂唯好清洁，香华无怠、唱名肃拜，神亦喜之，永呵护其家。盂兰盆会又来享飨耳，冥令严格，不能久止，请自此辞。"言终，儿亦睡。

少顷，觉而反本，不复知所言。左助记其言遗家云。是事载山寺氏《奎星录》，又略书之。

宠仙子曰："随园《新齐谐》及蒲松龄《聊斋志异》、纪晓岚《杂志》①等所载幽冥之事，大率与此相同。推而料之，复应如此。世人谓死者不再来，终无告安否者。盖冥法至严，不许妄出于阳世也。故修善行恶者，未知在冥界得其报如何？犹仆妾求主，先见其主，一二日间从其命勤之。其主为可佣者，则召媒介者书契，而后一去，携衣服调具来。纵有事故，归省故乡，非一月半岁之后，不可辄得暇也。死者到冥府亦然。尝阅《俱舍论》云：'人五十岁为六天中一昼一夜，四大

---

①指《阅微草堂笔记·槐西杂志》。

王寿量五百,为等活地狱一昼一夜。'《华严经》云:'娑婆世界一劫,为安乐世界一日一夜;安乐世界一劫,为圣服幢世界一日一夜。'然则堕地狱者、生天堂者,入其门,未经一日半时,而欲乞暇归省人间,主岂安许之哉!宜乎一往者,无音信也。闻者曰:'死人无音信,则知了矣。敢问如幽鬼显形,报怨于仇家如何?'曰:'是窃匿密处,避冥吏搜索也。故白昼不出,潜于古井、灯龛、墓侧、柳荫,常逃冥吏探侦。且大奸深怨、暴恶奇妒者,虽冥吏,不能一时制之,姑任其行,待怨解恨散,拘引以处其罪。此鬼之所以近人为害也。然数百年间,在世为祸福者、未到冥厅者,冥府昼夜,与人世相异,故在人世为缓慢,在冥府为微少,暂与其间者耶!是等之事,有往往不合计算者,不能强论也。"

礼 甫

东台之麓曰根岸里,有一庄,树竹萧疏,园庭闲雅,颇极风致,盖富商某氏别业也。其子礼甫,年才十七,标致流风,以蒲柳之质,养疾兹庄。

一日,与朋友三四名,赏花于上野。日既过晡,群客杂沓,摩肩接踵,乃就一茶肆憩焉。有一令嬢,从丫鬟过,妖娆纤弱,避醉人,来礼甫之傍。醉人蹒跚,误冲嬢,嬢仆礼甫膝边,礼甫急惶扶而起之。嬢赧然谢之,视礼甫嫣然,临去,眼眉欲言。礼亦茫然,如痴如呆,眼犹不瞬,嬢亦屡回顾,遂入众群之中。甲友谓礼曰:"兄识渠乎?"曰:"不识也。想非商贾之女,衣服首饰,自有品位,恐是幕士之女。"乙友曰:"渠视兄不复转瞳,必有意于兄。吁!好男儿,使人昏迷,罪亦深矣哉!"丙友曰:"他岂昏迷,兄亦昏迷,想造物者使他来兹互相念,何弄人之甚也!"甲矙乙咔，揶揄弄笑，不知日暮，既而下山别。

礼甫在室点灯读书，是夜月明，乃启户观庭花，嫦娥入室，清香暗袭，思昼间所逢佳人，郁悒不能忘也。久之，树荫之中忽有人来，以为僮锁扃也。谛视，则所思佳人，褰裳而来。礼愕然不能言，女微笑曰："郎君在此耶？妾自见君，不能忘念。窃缘知人闻之，始知在斯庄，遂越墙来。请免其罪，察妾诚心。"礼大喜曰："仆亦慕卿相同，但叹不知其居，今劳玉趾，何幸如之。不知门墙颇高，自何处来？"女莞尔而笑曰："妾邻乡士人某氏二女，自幼学武技，最熟轻捷之术，如墙越七八尺，犹过阈，况若尊家之墙乎？"礼喜其爽侠，竟入室极欢。天将晓，乃告别去。自是隔五七日，必来，绸缪甚厚。礼好俳谐，女亦善此技，以为得好友。居三年，僮仆不知之也。

一夜，女惨然叹曰："久受钟爱，惜世缘既尽矣。君不得长在此，得亦将移他乡，宜还家暂治业。"礼惊曰："何以速如此？"曰："妾实非人也，君严父尝过板桥驿，里人捕一狐，欲杀以充下物。严君怜之，购而放之，妾不久报大恩。今君养疾于此，故来慰闲况，聊竭微忱耳。妾以非类交人，复为同族所嫉，且妾父母，欲移窟于他乡，故以实告之。尚有一事告君，君资性虚弱，不可堪繁务，宜让家令弟，少购田园，再隐于此以养生，不然，或有劳心伤命。君本薄福，不可永从于事业，务修善事，亦应安身，三十年后有再逢。"言毕潸然，礼亦泣，执巾拭泪，开眼，女已失矣。开户，月色朦胧，残萤飞树间耳。忽有叩门者，问之，严父急病，以兜子迎礼。礼大骇，速归家。无几，父殁，不得已，在家从业，尘事多忙，疾复将起。遂让家于弟，再隐于根岸，以流风文雅消闲。或探花吉野，或观月江湖，寻蕉翁①遗迹，访晋子旧踪，漫游四方，颇得名声。

年垂五十，历游奥羽，探金华松岛之胜，航海抵函馆。岁将寒，归路过下毛那须野，北风凛冽，途上无只影，而日将倾。欲急步求逆旅，有贼自枯芒中出，魁者身丈六尺余，横长刀，瞋目呼曰："旅客暂止。"礼畏缩，足不得进。一人近身边曰："我曹山贼也，过此者宜出买命钱，若无钱，宜脱衣服献魁首。"礼曰："余历游雅人，素无所贮，如衣垢腻温袍，不足充各位之服。其他，唯有手记五六卷而已，冀察之。"魁曰："汝为诸豪之宾，常游于上流，岂空手漫游者哉！"乃欲命二从剥衣，乍有一阵旋风卷沙而来，见一妇人，年四十有余，乱发敝衣，伸臂攫一贼襟，右手扑其面，贼从手什。一贼欲捕之，又一击之。魁大怒曰："何者贱妇？妨我业，汝亦不惜命者。"拔刀斫之。妇人颠身，使

---

①蕉翁：指日本俳谐大师松尾芭蕉（1644~1694），代表作《奥州小道》。

击空。从又斫之，又击虚，踬土块倒。妇在后大笑，贼益怒，起又欲击。妇攫沙抛面，沙入两眼，不可见。妇乃近冲左肋，贼闷绝倒，夺其刀，以背击二贼，二贼亦眩仆。妇人弃刀对礼曰："礼郎忘妾耶！"熟视，狐女也，容貌稍异，殆如农夫之妻。曰："卿在此耶？"妇曰："知君遭此危难，故来劳一臂耳。君其速去求逆旅。此辈虽不死，三日不能步也。"礼厚谢，尚欲言，妇已杳矣。屈指既三十年，狐夙知有是事。吁亦何神也。

或曰："祸福有定数，必不得免也。然狐而知三十年后，可甚怪。假令通灵，不过知一岁，何以至此？"曰："千岁白狐为通神，若有一个通神者诰之众，众咸知之，则灵矣。若夫灼龟而卜，龟本水族，远于人者，而圣人用之，狐比龟则近于人，知之不亦宜乎！"问者曰："人为万物灵，其智反不及于畜耶？"曰："以手足为事，孰若人；以视听知事，畜为胜。燕筑垒，蛛结网，千古不异。人则不然，居者造楼阁，步者走舟车，其巧愈精，其智愈暗。昔者木处穴居，采山而食，临水而饮，人与兽无相异耳。然其智成通灵，谓之神代。神武①以来，机巧渐进，斗斛亦备，制礼设法，以束缚人。于是伪诈随而起，乱臣世不绝。故曰：'圣人不死，大盗不止。'"掊斗折衡，而民不争。'② 子若羡兽之灵，反于上古素朴，为葛天③、无怀④之民，其或通灵欤！"

---

①神武：日本第一代天皇，是日本从神话时代向人皇时代过渡的重要象征。但因年代久远，并附会大量神话传说，也难以确定其存在的真实性。
②出自《庄子·胠箧篇》。
③葛天：中国上古时期部落名，葛天氏为其首领，发明乐舞，且为编布织衣之始祖。
④无怀：中国氏族联盟时代部落名，无怀氏为其首领。晋陶渊明《五柳先生传》："衔觞赋诗，以乐其志。无怀氏之民欤，葛天氏之民欤！"

变成男子

明和年间，阿波国德岛农某，有女名阿纲，姿容娇美，为众所想。年及破瓜，邻村里正长子周一者，见而喜之，使执柯谋婚。周一奇丑，魋颜曷鼻，色如赭而眇一目，丈不满四尺，腰围大于臼，儿女见而避之。阿纲素识之，固辞不应。

周一太苦，一老婆欺周一曰："渠家不甚富，以衣服不足，妆奁不备辞之。若赠百金，事必成。"周一喜，则以百金付老婆，且曰："取不必违约之书来。"婆诺，则使人作书，秋以为期。期至，周一使人促婚，阿纲固距辞之。周一怒，攻其父。父亦不知之，遂诉官。官检证书，非父及阿纲所书，因索老婆。老婆逃亡，不知所之。周一益怒，欲窥其出奸之，阿纲畏而不出门。

一夜，脐下极热，及晓，阳物突出，而结喉亦起，变成男子。惊极，示父母，父母亦怪，招医检之，户已闭，囊既垂，俨然伟丈夫矣。父子大喜，从而声音稍异，志力超众。周一闻而怪之，以为设策距我也。待其出，募无赖共协力，捕到废寺，褰衣见之。纲亦不辞，示众夸之。而父与邻人寻纲来，周等散逸，事遂止。纲迎妻继家，生二子云。

变成男子，往往有之，或性质不变，或阳道稍微，大率非完全者。阿纲资性志力，尽变为伟男子，亦是一奇。意造物者误为女子，因上帝督责，半途变之者耶！

醉石生

醉石生，深川市人也，流风好事，性酷爱奇石，凡自太湖灵璧，至豫青、佐赤、鸭川、古屋诸产，莫不陈列坐傍，以玩赏焉。有峰峦洞穴，极峨眉、天台之胜者；有嵌空玲珑，尽天划神镂之巧者焉。小者满一握，大者不逾尺，皆以檀香作台，焚香煎茶，延客其间，终日清谈，不敢关尘事也。中年破产，才以铁笔①为业。

偶有渔夫携一石来，大如瓜，似白沙凝结者，粘螺壳五六枚，形不甚奇。闻生好石，求售。生亦不甚赏，辞之。渔夫曰："连日风雨，不能获一尾，米汁不润喉，夜夜苦酒渴，先生怜之。"问价，"赐白薄一升之直则足矣。"生不得已，与钱买之。居三岁，贫益甚。一士人以白银印材命刻，

---

①铁笔：指篆刻。

刻成，其夜为贼所夺。生大骇，而不能偿之也。夫妻蹙頞，沉思百计，遂无得策。妻曰："良人多知己，盍告实？一时借财。"生曰："我年五十，未尝鞠躬借钱于人。贫富，天命也，祸福亦数之所不免。岂借人之资财，苟谋全身哉！不得已有一策，以所集奇石，尽付士人，以实告之，亦应不疑。"因对石曰："汝等在我家多年，不幸遭祸，不能长爱。我若得时，再迎汝等为坐友，请酌别杯。"乃倾残瓢，又抚摩诸石，遂枕臂而睡。梦有数小人集一堂，容貌奇丑，殆如妖怪。一老人曰："主人遭奇厄，诸君所知也。将使吾辈事于他，多年受恩遇，今不忍去也，何以脱厄？"一人曰："我曹不远千里而来，偶在贫家，无知其价者。若至他家，或为贵客所赏，幸得真价，有偿故主。果然，不独赎故主之罪，我曹亦发名声耳。"一人怒曰："我等是奇世之珍，岂为一银印售身于他人者哉！选贱卒一人与之，足以偿焉。"一黄衣者进曰："仆来于此仅三年，主人未知本质，徒以无艺居代舍，岂无弹剑之叹哉！今无为家，请代诸君显本质。"言未终，生俄然觉。

时斜阳入窗，诸石添泽，而沙块粘螺者，映日发辉光。生讶之，试以印刀小穿，光辉所漏，皆为金色。尽剥沙，为一块纯金。生大愕，以为天所赐也。既而士人来，谓生曰："子无为贼所夺我印乎？"曰："然，畴昔之夜失之。"士人

东齐谐

曰："贼已见捕,以偶刻我名,则得归于我。"生亦喜,因语所梦,且示金块。士人本富饶,曰："是船客遭难遗物,久在海底融结者,故变形也。"遂以数百金购之。自是,生亦小康,技艺亦得进。后欲寻渔夫报之,终不逢其人。

染 女

出羽秋田海边，有渔夫幸八者，其妹染子，年十七八，风致嫣然，未字。偶亲戚有病者，染往访之。归，路过海湾，遇一少年，眉目秀雅，鲜衣极丽，如相识者，言语甚驯。染亦爱之，以为豪家令息，眼语相通，遂入树林之中，石枕苔褥与极欢。少年曰："今宵启户而待，二更应到。"染喜，理发凝妆，入一室待之。其夜果来，自是夜夜绸缪，殆如夫妻。兄复不知之，但其来，熟睡若醉。如斯半年。

一夜，悒然谓染曰："余与卿世缘已尽矣，请自是别。"染愕然曰："妾本期百年偕老，曷遽出斯言？顾他有爱者，厌妾鄙陋，然乎？男子之情与秋空同，何阴晴之速？君若弃妾，妾唯有一死耳。"言了潸然，不复能言。少年抚背曰："我实非人也。主公有命，明日欲变此乡为苍海，怜汝兄弟无辜遭祸，故告之。今晓，可携衣食登前山。应，全命；犹豫，必亡躬。"言毕烟灭，不知所之。

染惊悲，急告兄。兄亦惊愕，乃负衣服什具，匆卒登山。未半腹，飓风俄起，飞石折树，既而洪波涨天，万雷激轰，数个村落，忽没波底。染与幸八才得免焉。

呜呼！女之淫纵，莫不过身者；此女淫纵，兄弟得免祸，盖千亿中裁有一人而已。

千叶某

摄津今宫有千叶某,好说鬼,诡辩百出,使人喜悲。一夜雨歇,月色朦胧,启牖独坐,颇觉萧索。忽有一少妇,艳容婀娜,突如而入室来,千叶怪之。妇人曰:"妾邻巷歌伎,屡闻君话,今宵偶无客,欲听君鬼谈,请为妾少话。"千叶喜,话最可惧者,变面易声,自为鬼形,欲留以得欢。妇人毫不感,曰:"君之技止于此耶?请妾演一鬼谈。昔丰臣氏之亡也,淀君①及近臣侍女殉死者数十人,怨魂无所归,白昼为怪。有一勇士,欲自试胆力,被酒,夜入城中。二更,忽有腥风,臭穿鼻灰,闻深宫奏管弦,登堂窥之。少选,有一侍女携烛来,曰:'何物伧奴?妄尘朝堂,不去,

---

①淀君(1567~1615):丰臣秀吉侧室。庆长二十年(1615)德川家康发起大坂夏之阵,彻底攻灭丰臣家。淀君在大坂城陷落时与子丰臣秀赖及亲信数人一同自尽。

则啖汝肉。'士人欲拔刀而斫,五体如缚,不能动手足。女呵呵大笑,声震内外。乍见双眼如百炼镜,口裂至耳,长舌如炎,两角生额上,其形殆如此。"言未了,忽作恶鬼瞋千叶,千叶惊绝,一叫而倒。邻人闻声集来,即与水抚胸,久之,渐得苏焉。自是不复说鬼。

飞鹊庵

飞鹊庵以茶事自乐,能鉴识古器,为人磊落奇行,放纵不拘礼节。然所言多中肯綮①,故人呼曰"皮骨",盖从皮肉入骨髓之谓也。皮骨与飞鹊音通,遂以为号。

曾游于江户,将探花墨堤。更深独步,此夜,偶月明,乃坐花下,倾瓢饮,醉倒到天明。起,徘徊堤上曰:"是观花之候也,幸免俗物履尘。"抵木母寺,憩于露店,啖煨芋曰:"是真味也。"买数魁归。登柳桥某楼,招歌伎数名饮,以所携芋魁为下物。伎皆笑,自若也。偶有吹螺乞钱者,曰:"是可以劝酒。"招使连吹百声,流汗如珠;使再吹百声,其者辞而去。

曾至八百善楼,绵衣木屐,如鄙乡里正。一婢伴小室

---

①肯綮:筋骨结合的地方,比喻要害或最重要的关键点。

曰："客有所好耶?"曰："今为珍味者何?"婢曰："茄子最珍。"曰："可矣，宜为骨董羹①。"婢告庖宰。庖宰曰："岂有新茄如雀卵者为骨董羹者哉!"恐误闻，因再问之，言如前。婢以为是田野蠢汉，囊橐不饶者，乃制一碗供之。飞鹊曰："佳矣。"又请一碗啖之，问价，为金五两，曰："廉哉!"尚惠些金于婢而去。楼主以为一人食五两之馔，不甚奇，仅以新茄骨董羹费五两金，是必畸人。因问其名，曰："余冈崎飞鹊庵者也。"楼主记之。后本多侯②飨客，命馔，楼主问其宰曰："贵藩有飞鹊先生者耶?"宰曰："有焉，城下豪贾也，子何以知之?"因话骨董羹一事。宰笑曰："他应如此，是则飞鹊之所以为'皮骨'也。"

尝夜过尾之桶狭③，弦月升峡，莎鸡鸣草，忽有一甲士，头如斗，身甚小，见飞鹊笑。飞鹊曰："何者?"甲士指路傍曰："朋友为樗蒲④，盍见之?"飞鹊以为是地群鬼所屯，可必有异事。行十余武，一碑下有四五鬼，巨首矮身，眉目甚丑，各着甲团囷，掷骰子争胜，赌以头颅，累累如

---

①骨董羹：杂煮火锅。
②本多侯：指德川氏重臣本多忠胜及其后裔，封藩于三河冈崎藩。
③尾之桶狭：指尾张国桶狭间。1560年6月，织田信长在此奇袭大名今川义元，从此踏上战国霸主之路。
④樗蒲：一种古代棋类游戏，博戏中的骰子最初用樗木制成，故称。

山。飞鹘坐石见之，吹烟倾瓢，颇入佳兴。少选，群鬼渐长大，头皆数围，眼如浴盘，开口大笑，或翻身，或倒立。飞鹘益入兴，拊掌歌唱，群鬼皆舞踊。飞鹘曰："诸君各妙技，然余不好大，甚好小，请登我掌上舞踊。"乃开左手待之，鬼悉为豆人，佥集掌上。飞鹘笑曰："是可乐也。"乃右手出瓢曰："我欲与诸君酒以谢劳，残瓢沥沥，不能分与，请入瓢中饮之。"皆曰："诺。"尽从瓢口入。飞鹘急覆口封之，徐徐出官道，鸡鸣天将白。群鬼在瓢中曰："鸡已鸣，请开口。"飞鹘曰："汝等在兹，万劫不能成佛。我到桑名，欲投海送龙宫，不亦愉快乎！"群鬼悲泣，苦请解封，飞鹘不可，抵热田驿，买船赴桑名，俟潮候，缚石沉海，桶狭自是怪绝云。

宽仙子曰："自古古战场为鬼狐巢窟，为怪为妖，动恼行人，人皆畏之。彼辈以为好地，遂为栖息之处，盖人许之贷之，而恐怖之也。设不许不贷，而不恐怖，则可绝怪灭妖矣。狐狸则如漆者，漆能和水，又能和油；狐狸能通幽，又能通明，以故得与鬼游，其为怪为妖，不可得而测也。然则人之称狐狸者，亦能得与鬼通耶！"曰："安不通，若一笑倾大国，片简系巨船，遂至使英杰之士亡身殒命，其术胜于鬼狐远矣。"

保全法奇验

江户芝土桥,有山田清助者,开当铺,家颇富。安政二年十月,地大震,倒树覆屋,人畜多死伤,众佥营居隙地。清助在宅,泰然自若,又不敢出于户外,独见众狼狈,笑焉。时池端药贾宝丹楼主人年幼,在山田氏,心甚感之。及震罢,清助集家族谓曰:"前年,有一隐医,能知人之死生,尝授一术,以左手大指与人指,诊自己牙下两腮之脉,以右手又诊左手之脉,缓急浮沉相同,虽有天变地妖可惊之事,其身无事,平稳也。若有高低迟速,腮手不同,必有关于身命大危难,十二时前已兆之,其验必著。余闻此事,屡试之,果有验焉。弘化①年间到相摸②,泊海滨旅舍,饭后

---

①弘化:日本第120代天皇仁孝天皇年号,时在1844年至1847年。
②相摸:即东海道相模国,又称相州。最初因公文捺印问题,写为"相摸"。

自诊左右手脉,迟速甚乱。余大惊,因诊从仆,亦与余同,试诊舍主及其家族,皆为变动,余益愕。时月色晴朗,海波如熨,云收风静,更不觉有变兆。然思医师之言,急收行李而登后山,行五七丁,又诊脉,脉既复常,旅舍主人亦来。居食顷,海上骤轰百雷,怒涛暴涨,势如崩山岳,倏忽袭来,漂去人家六七。余与旅舍主人幸在山上,得免焉。尔来日日诊自己脉,今至震动之际试之,依然平脉,无异常,故我不动也。"

宝丹楼主人闻是话,自试之,四十年于兹矣,其间屡遇厄,果有验焉。因自为身体安全法,且记实验之事,印行以施人。其一曰:信州上伊奈郡手良村农松岛孙十郎者,以公事渡筑摩川,偶遇雨后,水势数倍常。至中流,激浪喧豗,舟将覆。舟子折棹陷于水,死生叵知,客皆失色,决死唯念神佛耳。中有善泅者,跃身没水,仅得达于前岸。松岛氏与其他二人不熟水,任命于天,与蹲舟中。氏尝闻诊脉之法于宝丹楼,乃检左右之脉,无异状,意少安。而舟益危险,以为脉亦不可恃也。既而舟至曲湍,为激流所转,直闯入一丛中,水稍浅,他客跳入丛中,全身濡水,仅立崖下。氏独在舟,扪树杪而近岸,渐得系之。无几,村人走一舟来救,使氏及在丛中者乘其舟,沿岸到堤下,得全命达前岸。于是,松岛氏始知其法有验,详告宝丹楼主人,厚谢云。

人身小天地也，山石为骨、原野为肉，川渎为血脉。若川渎尽，则田园不润；溢，则人谷蒙害。其有祯祥妖孽者，盖示国家兴亡盛衰也。人之有祸福，其兆必显五官四肢血色等，然非精于其术者，不能知也，独至血脉变动，得自诊自知焉。此事古书未见之，但说脉理者在探病源、知死生而已。闻仓公诊脉决死生，尝曰："治病人，必先切其脉，败逆者不可治，其顺者乃治之。"未说诊脉前知吉凶祸福灾祥，若虽小祸小福，得尽知之，神亦不及也，后世必有发明焉者欤！

霭厓花卉

远江高士小栗松霭藏高久霭厓①花卉横卷,嘱余乞跋,余诺,不果。今兹壬辰九月,其孙子庆携来,促前约,乃书此以附卷后。

明治丙戌之秋,余偶西游,归途访松霭村舍。主人厚遇,遂尽三日之欢。时展花卉横卷见视,彩巧致密,意匠非凡。问笔者,曰:"此高久霭厓所作也。"余曰:"霭厓善山水,所素知也,未知花卉昆虫如此精妙。"且讶前有钤缝之印,后无名款,似截断者,问其故?主人莞尔而曰:"此有因也,请说其由:往时天保甲午,霭厓西游,寓于滨松客舍。山田子慎者来曰:'霭厓当世巨擘,盍乞其画。'余父墨堂平生爱花,手培养数十种,名其居,曰'弄花亭',常

---

①高久霭厓(1796~1843):江户时代后期画家,字子远。

欲使天下名手画花卉，以为匾额，而未得其人也。因告子慎以乞之霭厓。霭厓曰：'余唯画山水耳，如花卉，非所得意，况于设彩乎？'辞而不肯，家父亦不措，使余再恳请。霭厓不得已作之，五彩缜密，殆夺天巧，款曰：'应小栗氏嘱写'。名印共备矣。家父大喜，将以揭堂。偶西骏知友桑原南田来访，谈余，示是画。南田睨视冷笑曰：'画巧拙不姑论，如霭厓鄙野小人，以其画揭眉上，如识者嗤笑何！宜择高尚之人。'余甚惑焉，因问其故。南田怒臂曰：'曩在岛田客舍，与余论绘事，驳其非，彼亦不屈。将振拳打之，有人和解而止。若无傍人，余欲折其只腕，以惩妄画。'余聆之告家父，家父不悦，然以用意之切，描写之密，不忍弃也。南田曰：'若揭之，须去其款而装，观者不知谁氏之笔也。'即把笔涂抹款字，于是从其教为匾额。观者赏赞，或以为梅逸①，或以为春琴②，或有目为清人者焉。居二年，福田半香③来游，一见曰：'是岂霭厓乎？不可再得之画也。'余怪而问：'何以知之？'半香曰：'向在京师，与霭

---

①山本梅逸（1783~1856）：名亮，字明卿，号梅逸，日本江户时代后期大画家，南宗画代表。其长于山水、花鸟，画作色彩繁华绚丽，参差有致。同时颇善用印。

②浦上春琴（1779~1846）：字伯举，号睡庵，日本江户时代后期大画家，擅长山水画。

③福田半香（1804~1864）：日本江户时代后期著名南画家，主攻山水画，造诣精深。

厓邂逅，曰：余在远之客舍，为小栗氏作花卉横幅，余拙于花卉，子之所知也。子若过小栗氏，请一鉴评焉。是以知之，但怪无款。'余乃告南田云云事。半香噱然大笑曰：'霭厓温厚君子，而有刚毅不可屈之气象，至画为海内翘楚，非南田辈所识，反骂之，不知自己鄙野也。咄！信妄人之言，徒毁伤完璧，可惜哉！'余大惊，恶南田粗暴，悔余之无识，羞恨叹嗟，衷心不安。半香曰：'文人自古相毁，是亦艺林一奇谈也，宜以斯画为卷，且书删款之由以添之，然则不负故人厚意，复可以为后世一话矣。'余然其言，乃请跋于半香。半香曰：'余不能文，他日可择其人，请以送致焉。'后半香移居东都，促之再三不成。余亦尘事鞅掌，荏苒经岁月。南田亦悔前非，到都访霭厓，将负荆谢罪于其门。到则霭厓既没，过二十余日矣。南田怅然，怀风树之感，乃奠其墓而谢云。距今五十余年，半香、南田相继沦逝，而犹无跋之者，斯画与余存焉耳。子与半香旧识也，请记是事附之，此余多年宿望也。所谓'相须之殷，而相逢之疏'①者，子岂其人乎！"

余闻其谈，复不胜旧感之情，虽非其人，五十余年后无跋焉者，则似负古人之意。遂不拒其请，采笔匆卒志之。跋

---

①该句出自韩愈《与于襄阳书》。意为：互相等待那样殷切，而相逢的机会却那样少。

成，子庆大喜。时秋天朗晴，灏气可人，子庆曰："请探秋花于墨东。"余亦兴意勃然，急走单车，相与到向岛。乃舍车赴一花庄，篱菊畹兰、鹿肠鸡冠之属，红紫竞艳，婵妍争丽，乃借榻小酌，不知日暮也。乘醉徘徊园中，有孤亭，雅客两三人，飞杯谈笑，一人揖余曰："畴昔烦椽笔，迩日谢之。"余以为数日前中村楼有会，席上抹数叶，或谢之者。黄昏不辨貌容，不复问名姓，与称秋花，些谈而别。翌日，一骨董师来，视书画数幅，中有霭厓浅绛山水，绢本竖幅，雅媚秀润，最为得意之笔，款曰："法江贯道笔意。"余心中欲之，问价甚廉，不当装潢，乃购之，展以熟视，洵绝世之作也。因忆昨花园所逢，得非霭厓、半香等灵，恍惚显形，以赠兹幅乎！因焚香肃拜，而骨董师者，不知何许人也。

狸阴囊 诙话

道灌山有老狸，屡欺弄行人。山下有弥次者，滑稽多技，好为演剧。一日，邻村有祭祀。村人开场，弥次见招，打扮大江山酒颠童子。事毕，深更过山麓，欲戏惊吓行客，被所携夜叉假面，带双刀徐步。忽逢三眼老僧，藜杖缁衣，拉一目雏僧来，见弥次如愕然。弥次以为老狸化矣，屹立路上不动。老僧熟视曰："汝何怪也?"弥次绐①曰："我獭怪也，偶观某村祭祀，今将归。"僧大笑曰："子亦我党耶?我不知有子，请为亲友，幸有斗酒藏，与子偕酌，随我而来。"弥次诺，与入山中。时弦月出云，白露沾草。僧忽设褥，广殆入席，温暖甚快。弥次讶问曰："是为何物?"僧笑曰："是我阴囊也，非宾客不设之。"弥次坐焉。

①绐：欺骗。

狸阴囊

少顷，雏僧携酒来，忽有乱发蓝面妖妇捧肴来。弥次问是何者？曰："貂怪也。"瘦颜骨立，手足如丝者从。问是何者？曰："鹭怪也。"其他巨头如桶者、露眼如蟹者、口裂至耳者、舌长达脐者，相集十余种，歌唱飞跃，各呈技艺。弥次亦乘兴舞踊，众佥大喜。杯盘狼藉，既倒数瓢，弥次窃思世人言"狸睾八席"，真不虚也。以此代毯毵，天下无比，鬻之千金，可立得也。胸算既定，坐老狸傍，急拔刀截其根。狸叫唤，众佥惊。弥次去假面曰："我人也，汝等夜夜欺惑行人，罪恶深重，法网所不赦。我奉将军命，将驱灭汝等，假为妖怪来，代天行诛，勿逃。"大喝连声，跃斫数怪，怪皆骇散。

弥次乃卷阴囊，携而下山。天已明矣，还家展之，殆余八席，弥次大喜。四邻闻之来观，有欲买者，或以三百金乞之，不与，又加二百金，尚弗与也，曰："非千金不割爱。"有一贵族，欲以八百金购，弥次未肯。

时及九秋，霖雨连旬，冷气日加，阴囊从而膨胀，经日益大，形如气球，坚如石，将溢一室。弥次大惊，室为囊所夺，至无坐卧处。村有老医，能精产物，弥次请而商量。医熟视曰："《素问》《灵枢》未闻有如此者，我安得复之。想天时不顺，冷气异常，是必疝气入阴囊也。"弥次叹曰："千金不入于怀，却疝气入于囊，命也哉！"

阿菊 诙话

青山铁仙者，将军宠臣也，世居番町，有婢曰阿菊，嫣容婀娜，楚楚动人。铁仙喜之，欲以为妾，屡以艳言挑之，菊不肯。铁仙甚苦，百计术尽，转爱为憎，将杀之，而苦无罪。

铁仙家藏古皿十枚，非飨宾客弗用也。凡飨具，使婢掌之。铁仙窃匿一枚，使菊检之。菊开匣改之，则失一，屡数之，无有也。铁仙大怒曰："是传家重器，不可以金钱购。今失之，无辞于先灵。"左手攫菊髻，右手拔刀贯胸，悲号一声，气息忽绝，使仆投之眢井。无几，青山氏以罪灭绝，其邸有怪，无人住者，草莱满庭，蛇狐占窟。风雨寂索之夜，过其傍者，往往闻鬼哭之声，人呼曰"皿庄"。

麹巷有侠客某，欲往皿庄听鬼哭，拉义弟二三友，雨夜到庄。自狗窦入，坐废屋待焉。时点滴漏檐，阴风袭肌。忽有碧燐出丛间，从而检皿之声，自井中发，惨悴断续，使人哀叹。既而自一至九，至十、十一，众佥怪之。至十二、十三，尚未息。因问曰："菊娘菊娘，盍九而止？"曰："明日恐快晴，不复得出，今夜兼之。"

伪情死

宇轮木艳二，江城南三田巷当铺某二男也。年二十左右，日耽游荡。尝与亲友三四聚，泛舟芝海，兴尽，登于品川临海楼，各聘娼妓饮。有一妓名阿蝶，靓妆丽服，婀娜超群，嫣然开靥，青眸独属艳二。艳二以为有意于我矣，搥胸频逼，不能自禁。乃谋老鸨，买一夜之春。阿蝶不比寻常之客，颇竭情实，同气相求，漆胶不啻也。自是屡来，私固偕老之约，与指天日盟，以故动妨他客，至楼主亦颦眉。既而艳二有事，数旬绝途。阿蝶懊恼，使小厮赍简访寻，杳不相见，问诸近邻，邻人亦不知也。

一夜，艳二悄然而来，悒郁不乐，阿蝶问其故。艳二泫然流泪曰："我游于此，多耗资斧，数揩更帖簿。父兄知之，激怒逐我，实及三次，以故无亲戚加怜者，无朋友惠食者，不得已寄食一车夫家，助薪炊之役，淡粥野羹，仅系命缕耳。如此皮肉枯瘦，身体日愈，自知就木亦不久也。卿若不变志，如约相偕双毙，幸至于极乐世界，寓于东门内新巷，啖百味饮食，日浴莲池，吹箫筚篥①而游，不亦乐乎！"阿蝶曰："妾亦为一豪农所眷，欲除籍携去，其人虽伙够于财，酷薄于情。至若黝面赭发，蛇眼狼口，自项至踵，无一雅骨，以故妾未并枕解纽。顷者日逼，欲以财力遂志，妾岂欲乖情贪财，终身陷苦楚之窝窟哉！宁槁席竹柱，啜糜缠楼，与子同寝食，何厌地狱，况极乐乎！"

于是，痴情既极，计已决矣。其夜，待众熟眠，共攀楼南栏，将没水。偶黑夜加微雨，海面渺漠，不辨咫尺，只闻潮声鞺鞳，打楼下柱础耳。相偕唱佛名，饮泣不尽。艳二决意一跳，直没波底；阿蝶为水烟所扑面，以袖拭之，踌躇未没。久之，寂无声，以为艳二死矣，窃还闺中，覆被而睡。艳二没海也，豫料水度，果不及腰，乃傍楼禹步，见阿蝶不没，其夜复还家。翌逢友人，悉语颠末，将以谋报。友人曰："仆有策，必报之。"偶近邻有丧，送葬到海晏寺，友人皆与焉。归路相与登临海楼，开宴招阿蝶。阿蝶夷然而来。友人曰："卿未知艳兄死乎？"曰："不知。"友人曰："卿罪深矣，何为不知？艳兄为父兄所逐，不知所之。日

---

①筚篥：一种古代管乐器。

前，高绳渔人来告曰：'有一男子漂死于海，检之，左腕缚小锦囊，开而视之，中有神牒一二叶，遗书一篇，备记姓名。'因告父兄，父兄惊愕，熟读其书，有与卿谋双毙之由。想不为相缚之例，尸漂两处，不累烦于宇轮木氏，则收兄尸，今日葬于海晏寺。事毕，欲为卿行香来，何料卿不死。现在兹，不知鬼耶人耶？果人也，请为艳兄修冥福，不然，艳兄无所归，或彷徨宇宙，必来伴卿。"阿蝶悲叹，拭泪曰："畴昔艳君来，备言窘穷之由，谋与妾偕死，妾亦不辞。与临海面，艳君先没。妾欲继而跳身，想投潮水衣必湿，若误饮水或酿腹痛，衣湿腹痛，何以堪步行。急生厌心，得全命矣。今艳君既死，而妾不死，太愧背盟。"言了入房，少焉，以帛裹头，携鸦髻属曰："妾去首饰，请纳之墓下，有少慰艳君之灵。"友人见之曰："卿之赤心胜于供养千僧，死者有知，其喜可知耳。"一座愁叹，诸妓亦泣。

友人大呼曰："艳兄可出，阿蝶剪发矣。"艳二咳一声，自屏后出。阿蝶微笑曰："艳君再生何速，诸君骗妾何浅陋？妾岂为荡子，效杨妃之鼙乎哉！"则去帛，更为堕马髻，所遗即假髦尔。

世谚以娼妓情实，譬卵之棱角与晦之月明①。余

---

①譬卵之棱角与晦之月明：比作鸡蛋有棱角、晦日有明月，都是不可能的。农历月最后一天称为晦日，当晚难见月亮。

曰："妓亦人也，岂特无情实；客本无情实，故妓亦不尽实耳。客而有情，妓而无实，则客之幸也。妓若有诚实，欲托身于客，或为妻为妾，与偕苦乐，客之不幸莫大焉。渠为父兄卖一身，尽孝悌者，客若果有情实，宜厚惠救穷，购身还故乡。不然，与春花秋月同观，娱目添兴则可矣。"

鳖成佛

世多嗜异味者，如屈到嗜芰①、鲁哲嗜羊枣②，不足以为异。至如刘邕嗜疮痂③、鲜于叔明嗜臭虫④、刘俊嗜蚯蚓⑤，有不可以理论者。然其性之所好，不能若之何也，特怪鳖嗜人之直肠也。直肠者，则送下粪于肛门之管，人身中

---

①屈到：中国春秋时期楚国大臣。芰：菱、荷一类水生植物。苏轼有《屈到嗜芰论》。

②鲁哲：指春秋末期鲁国哲人、孔子早期弟子曾点。羊枣：一种小柿子。

③据《南史》载：南朝宋的南康郡公刘邕，生性嗜食疮痂，认为其味美似鲍鱼。有次他到朋友孟灵休家，见孟灵休炙疮，疮痂落到床上，刘邕拿起来津津有味地吃着。孟灵休大惊，刘邕说："这是我平生最大嗜好。"于是孟灵休将未落的疮痂，全部揭下来给刘邕吃。成语"嗜痂之癖"即来源于此。

④鲜于晋，字叔明，唐中期剑南东川节度使、蓟国公。据《太平广记》载，其嗜吃臭虫，常让手下抓臭虫三五升，先用温水浸泡，再以酥油及调料熬煎，卷饼而食。

⑤刘俊：明朝初期国子祭酒，性嗜吃蚯蚓。

不洁最极矣。鳖有何厚味嗜之也？曾闻鳖诱人溺于水，自肛门拔肠啖之。或曰："水死者必多饮水，又多痢水，故肛门开豁，殆如拔肠，非鳖啖之也。"然有子而噬亲之胫者，有臣而偷主之眼者，勇士挫怯者之胆，佳人夺男子之魂，鳖之拔肠与雷之取脐①一般，其所好亦在正理之外，未必可以一论也。

墨江之畔有巧掴鳖者，由其所好导之，其法：深渊之傍架横木，距水仅数寸，渔者坐其上，脱裈临臀于水。鳖在水底，见肛门近于水，徐徐浮水上，伸首窥之。将容嘴，渔者急捕其首，鳖虽大，不能缩首甲中，徒跃四足，遂为笼中之囚。所谓欲啖人，反啖于人者，亦是溺于嗜好也。

一日，获大鳖如锅盖，则畜之笼中。有一士人，久患脱肛，闻鳖最有功，以数金购之，割而食之。其夜，梦有一伧奴，苍颜蔑衣，潸然涕泣。士人曰："何者闯入我房？非贼则鬼也。"欲把刀斩之。伧奴曰："主公勿怒，余鳖也。畴昔为君所食，罪恶未灭，不能成佛。君之病果愈，愿为余修冥福，余亦欲使君不再苦于病。"士人曰："汝为鳖，何以为人来？且有何罪，不得善果？"曰："我前身人也，偶犯罪，免官刑，故死受冥刑，转生为鳖。无兄无弟，又无亲

---

①日本民间故老相传，打雷时孩子们要护住肚脐，不然肚脐会被雷公拿走。

戚，无为余修冥福者，以故不能生于善所也。"士人曰："子在人世，为何恶行？"伧奴赧然曰："我实岛屋番头善六也，在世所为，众皆知之，君亦可知之。夫爱娈童也，旧幕府时公之，如芳町、汤岛、芝七间，张门户，延游客，其他贵族僧院及禁妇人之处，襞①童甚多。天保以来，以溃乱风俗、悖戾正理，严制禁之。我既犯此禁矣，故受冥罚，转生为介族，尚不能忘旧嗜。不图近于渔者身边，我岂拔直肠啖之者哉！"士人嗤曰："苟治我病，我为汝修冥福。"伧奴拜谢而去。翌，士人欲延僧徒修佛事，以为彼喜娈童，不可请老头陀。乃择美貌沙弥，设场读经，谥曰"鸡誉好髋信士"，供养亦至矣。久之，又梦伧奴，身着锦裟，踏青莲来谢曰："以君厚意，始得脱水族，生于西方阿弥陀佛国。"士人亦喜，且曰："子在净土为何役？"曰："极乐有四门，东门即与四天王寺华表相对。所谓东门中心者，新来男女，皆自此门入。我厌逢于人，故请监督后门。"

---

①襞：肠、胃等人体内部器官上的褶子。

阿　岩

　　幕臣伊右，为民屋氏赘婿，放纵无赖，屡为上官所叱斥，自若也。岳父某固古执，厌之逐家，而女阿岩业已妊矣。伊右怨岳父，窥其出，夜杀之。欲说媒还于岳家，阿岩请复父仇，伊右诺之，因得继民屋氏焉。既而生男，伊右游荡益甚，酗酒暴行，日与不良之徒交，家无儋石①之储。

　　西邻为伊藤氏庄，有女名梅，丽妍欺玉。父殁，与母索居。窃见伊右喜之，思慕无息，至忧郁为病。母大叹，使婢探其情，始得知病源，以为纵罄家产，不可易一女。与婢谋之。婢亦佞奸，颇长奇策，因数贻民谷氏，以濡涸旱。伊右不知其由，大德伊藤氏。伊藤氏有秘药，使人腐烂容貌以至死，乃讹为产后治血之药，贻诸阿岩。伊右以屡受恩，自往

---

①家无儋石：形容家里没有存粮，比喻家境困难。儋，石罂，可受一石米，借指少量米粟。

伊藤氏谢之。伊藤氏母大喜，急设议飨之，使女倩妆侍之，频劝数杯，间以艳言挑之。伊右以为家鸡味淡，不如野鹜新鲜，况凤脯鸾羹，何执筋踌躇？遂为醉倒不起，入于娘子红闺眠。自是日夜至伊藤氏，殆如夫妻。而阿岩容貌日变，奇丑不可见，独仆小平者殷勤事之。

伊右酒友有医师泽悦者，亦奸邪之徒也。伊右谋与金于悦，杀阿岩，悦惧而未下手也，反窃告伊右与梅相亲之事。阿岩愤怒，欲杀梅而自死。乃携刀出室，踉跄不能步，悦惶急止之。阿岩狂奔，欲释悦之手，刀脱鞘，悦极力夺之，误刺阿岩左腹，鲜血迸流，阿岩遂毙。伊右走来，气息既绝矣，窃与悦谋，捕仆小平，诬以不义，又杀之。乃钉二人于板，流之河水。于是伊右为伊藤氏婿，佣奶婆①育子。

时及盂兰盆会，例祭祖先，伊藤氏亦修焉。母点灯拜佛，灯火乍为绿色。阿岩仿佛立前，丑颜洒血，乱发尽逆。母大叫仆，遂发热而病。阿岩夜夜来恼之，医药祈禳，百计不能退。因集四邻老若，鸣钲唱佛名，鬼在傍嗤之。众去，复来恼之，直压喉杀之，伊右怒拔刀斫鬼，鬼呵呵大笑，熟视，梅也。伊右大惊，其夜，逃匿深川一友人宅。业犯大罪，白昼不能出门。

---

①奶婆：原字"嬭婆"。据清赵翼《陔余丛考·嬭婆》："俗称乳母曰阿嬭，亦曰嬭婆；其不乳哺而但保抱者，曰干嬭婆。"

东齐谐

一夜，携竿钓于川，有物悬钩而来，近视，曩所钉二人之骸也。伊右惊愕，弃竿而走。阿岩妹婿某者，知其舅及姊之仇，密寻伊右踪迹，偶遭遇于此，终杀伊右复仇云。后建祠祀阿岩灵，香华今尚盛。

　　此事民谷氏记详之，以有所讳，不记其实。后演剧传之，使人悲喜，但枝叶错杂，颇厌冗长，因省略录之。本是游戏之文，奚辨真伪为哉！

文 弥 诙话

米贾重兵,江户人也,常好赌博。一朝大败,有弟在大阪,欲往而借金。行过宇津谷,偶遇雷雨,前途昏黑,咫尺不可辨。路傍有佛堂,开扉入息焉。

有一盲人,呻吟太苦。重兵以为骤发腹痛者,不忍傍观,濡巾于檐滴,与所携药,手抚胸腹。盲人渐苏,厚谢其恳情。重兵问:"去何处?"曰:"我武州产文弥者,幼时失明,以按摩为业,将到京师求瞽官①也。昨在逆旅,食腐败之鱼,晓来呕吐,仅免苦。虽未快,以要急行,忍而上途。山路崄恶,加以炎暑,遂至于如此也。"时骤雨全霁,霹雳绝迹,日影没山,群鸦求埘,相与携手而行。重兵以为,曩抚胸下,有一包金,今闻往京求官,所怀不可下百金,我夺

---

①瞽官:古代乐官名,多用盲人任此官。

之，不到坂都亦可。于是忽生恶念，谓文弥曰："余江户米贾也，赌谷价，少负债。子囊中所有，得暂贷我乎？我复得胜，数倍返之。"文弥愀然曰："君再生恩人，尽与之不惜也。我欲求官，多年积毛厘贮之，设能达我愿，富饶可期而待也，尔时应君之需。今青云阶梯之金，与之君，欲图他年富饶，何以得之？愿悯察焉。"重兵知其不可说，不复言，窃拔刀斩之。文弥呼死，欲逃不可得，倒树根而死。重兵探怀获金，曰："愚盲，不以金购命，两失之。"遂夺而去，兼程还家。妻怪其速，重兵备告之。夫妻相喜，乃酌酒休劳。

夜既二更，有盲人吹笛过者，招使按摩，手术甚巧，既而力渐加，筋骨觉痛。重兵曰："请徐徐缓抚。"盲人曰："比以刀斫身何如？"重兵怪其言，顾视，则文弥也。重兵大愕："汝何以来此？"文弥曰："我欲搜子报怨，恨两眼不能见，仅嗅而来此。"重兵曰："噫！我过矣，悔不穿汝鼻。"文弥曰："穿鼻孔尚存，子若杀盲人，宜先填塞鼻孔。"重兵曰："我急于埋我负债大穴，何遑于埋汝双孔。"

患　齿 诙话

有客患齿，痛甚，殆不能饮食。浅草公园有齿医，张帐鬻药，欲就而拔之，开口示之。医曰："齼犹固，拔之不容易，请赐五十钱。"客曰："如此小齿，五十钱甚不廉，应与三十钱。"医不肯，曰："可减五钱。"客曰："未廉也。请拔二齿，与七十钱。"医曰："诺。"速拔一齿，痛渐痊，曰："他可拔那处齿？"客曰："宜择大者拔之。"

阿　虎 诙话

源右府①猎于富士野，曾我祐成与弟时致，狙父仇工藤祐经②，夜袭阵营，杀之。

前是，祐成与大矶娼阿虎者亲，绸缪有年，偕誓死生。祐成应命从猎，谓虎曰："我此行，欲讨父仇，报宿怨也。事成必死，不成亦不能全命。我死后，汝为如何？"虎泣曰：

---

①源右府：即前文所注之源赖朝，因曾任权大纳言兼右近卫大将，故称。

②曾我祐成系镰仓初期武士，本姓河津。其父河津佑泰与伊豆豪族工藤祐经争地被杀，佑泰之妻带两名遗腹子改嫁曾我祐信。曾我两兄弟长大后，知悉父仇，立志雪恨。1193年，源赖朝组织了声势浩大的富士野狩猎，工藤祐经随行。曾我兄弟寻机混入营帐，刺杀了酒醉的工藤。闻声赶来的武士包围了兄弟俩，二人寡不敌众，兄长曾我祐成被当场斩杀，弟弟曾我时致遭活捉。次日，时致向源赖朝坦陈报仇情由，源赖朝有感于曾我兄弟之义，本打算赦免时致，但苦主工藤祐经的亲族竭力喊冤，最终不得已将时致处斩。此为日本历史上三大真实复仇事件之一，被改编为《曾我物语》流传至今。

东齐谐

"君若死事，妾岂思处世哉？速殉死耳！"祐成曰："不可，我死，谁能吊后？汝为余竭诚，宜剃发为尼事佛，修我冥福。我幸生于净土，应分莲座而待。人世迅速，终汝天寿，亦不甚久，必勿自死。"言讫共泣。天将明，遂分袂而去，果遂素志，寻而被杀。

虎得报号泣，遂脱籍入寺，欲剃发为尼。寺僧乃延佛殿，说弥陀佛誓愿，中有变成男子语。虎以为若成男子，往而侍傍，甚不便也，心中生惑，犹豫不决。而恋慕之情，日夜切，遂凝结为石。

祐成为亲讨仇，固大孝矣；为君除奸臣，亦是大忠矣。《法华经》云："诸佛灭度后，若人善软心，如是诸众生，皆已成佛道。"《观无量寿经》云："孝养父母，行世仁义者，为中品下生。"祐成忠孝两全，不复为恶业，且以时致一为僧行实之弟子，屡诣叩佛理。以其因，果生于极乐国土池中青莲上，乃分半座而待虎。

久之，虎寄书曰："妾闻佛有变成男子之誓，觉稍不便，犹豫不决，而日夜思慕，遂为巨石，不能登于池莲上也。宁为分桃断袖①之徒，得侍傍，妾之愿也。今如此，悔

---

①此处原书有夹注：弥子瑕、董贤。按：此二人都是中国历史上著名的男同性恋人物。

不及也。"祐成见书叹曰："呜呼！彼亦踏松浦佐用姬之辙者耶？① 贞女亦不便于冥界也。"

宽仙子曰："虎之为石，大善矣；若为尼，得寿如巴女，其悔亦甚。昔者木曾义仲为义经所伐，逃于粟津原，其妾巴从焉。义仲决死，谕巴曰：'大丈夫临死携妾，人谓我何？速去全躯。'巴请共死，义仲强之，巴流涕去。义仲苦战，终中箭没，年三十一。巴间行②至信浓，闻义仲死，削发为尼，居越后，祈义仲冥福，以九十余岁终。义仲在冥府久之，有一老尼，皱面如干草，伛偻如虾，杖藜徐徐来。见义仲喜，又谢迟延。义仲怪之，问其名，曰：'妾巴也，与君别时，妾仅二十八，不许共死，偷命至今日，愿思曩时之爱，加同衾之怜。'义仲大困：'我死时三十有一，不遗老婆于娑婆，冥府一日，娑婆一劫也。我来冥府，未经一秒时间，故依然如故。我岂如此槁木何？'巴亦悔弗殉，将乞冥王再生于人间，为容貌美丽之女，不老而死，来事义仲。冥王不许，遂为其厨姬，仅勤米薪之役云。"

---

①此处原书有夹注：佐用姬慕夫，远征不还，日夜望海，终化为石。
②间行：偷偷地走。

阿多摩池谈话

　　江户人赏花胜于他邦，三春之候，老少男女，废职罢业，探芳踪，游郊外。神田侠客某，伴义弟七八名，观樱于飞鸟山，卜胜开筵，各倾巨杯，高谈大笑，傍若无人，动辄以腕力互夸。忽开争端，变为斗战之场。日既昏冥，甲倒乙颠，不能辨是非，熊者伤头而毙，鲜血迸流，众皆蔑衣履，而不知何人下手，欲免其罪，四散无顾者。熊卧树下数旬，既而花散实结，山禽啄之，误堕核于创口。又过数日，创痕全痊，始得苏焉。求友无只影，寻花皆嫩绿，以为长醉始醒。归家问之，既过三月。友人来访，交情如常，素非有宿怨，且沉醉不知前后也。其年已暮，至明年春暖之候，头痛日甚，就医乞治。医检头，新芽将发，盖前年破头时，樱实入创中，皮封也。因欲拔之，根蟠脑中，不得拔。欲强拔之，痛不可堪，弃而任长。经数年，渐为大树。暮春之候，

阿多磨池

白花烂熳，簇云欺雪。友人相集，日夜开宴，唱歌舞踊，无所忌惮。熊大苦痛，欲再就医拔之。医曰："小芽不可拔，今大树如此，安得以刀圭疗之？宜募健夫去之。"

于是，欲请诸友除之。诸友不得已，携来锄耜，经数日，凿而拔之，然其迹空阔，渺为广池。友人曰："熊颅上又穿大池，盍泛舟游？"众佥然之，乃放小舟，举观月之会。头亦病，制之不可得。既而，舟到池心，以橹进，痛少去。坐想象舟中之乐，以为弦者芳町歌妓春吉也，唱者新道八太也。他近时发美声，何以如此也？浊声者虎兄也，节亦不可，噫！倦于闻矣。时已三更，盍罢宴而归？我不能眠也。久之，又颦眉曰："痛哉！痛哉！舟来池端，以棹寄岸，殆如刺脑中。"如此连夜，其苦痛不可忍，自以为与其生而忍痛，不若死而免苦也。终没头上之池死，遗迹今尚存，所谓阿多摩池是也。

头颅邦训曰："阿多摩"，或曰："阿多摩，妇人也。日在池畔卖茶，故名焉。未知孰是，宜问八丁堀弥次郎兵卫。"

混沌子 一名《大地球未来记》

渤海之东有磅礴山焉，崒嵂耸云表，盘桓拔坤轴，灌木参天，丛条覆地，自古为神仙羽客栖息之处。层崖之下，穿天然石洞，有一异人，号无极道人，能知天地万物始终。然以在绝壑幽邃之中，人无得而知焉。山麓为无何有之乡，有混沌子者，博览多识，洽通百家之言。自以为典籍，古人糟粕耳，所记录皆前世之事，未能知将来，人智之极于兹，有所尽而然耶？抑亦所学未精耶？仰天浩叹，至忘寝与食，日夜坐卧一室，嗒焉似丧其偶。

有一樵夫说以道人隐于山中，混沌子大喜，乃裹粮曳筇，攀乱石，扪茑萝，渐到岩洞，始得见道人。道人敷草端坐，兀如槁木。混沌子进而至前，肃拜稽首，未接一言。道人开眼视子，莞尔而笑曰："来，混沌子！我待汝久矣。汝能通百氏之书，尝古人之余，虽才识既往，未能知前途。我将告汝以天地生灭，世运变迁，勿敢疑余言。"混沌子愕然不能言，少焉，举首曰："子好学，博涉猎群籍，然才识前事而已，未能知将来。顾以百年之寿，忧万年之后，知徒无益。然闻古之明智者，见于未萌，避于无形。小子明不能胜于众、智不能逾于他，故常怀杞忧。伏愿先生，自天地开辟，至于尽灭，说世道隆替，事物盛衰，明告之，欲记以安心，且告与小子同病者。"

道人曰："我与天地共生，与天地共死，死而又生，生而又死，至今五死生矣。故能识前世，又能知后世。居，我语汝。天地始开，山海既形，勃然草木发焉，蠢然五虫生焉。裸虫之长，具灵魂者谓之人。人之初生也，如蕈之发湿地、蛆之生腐肉，熏蒸凝结，蠕然喘然为形尔。至稍为五体，如猴，如封，如彭侯，如山獠，采而食，掬而饮，穿穴御雨露，缀叶凌寒暑。及渐胎生，父子聚麀，兄弟同居，然不过一所数人也。凡地上生人，无甚迟速，无甚大小，但由风土殊异，有皮肤黑白之差耳。风土相异，嗜好亦不同。至草木鸟兽，有异形殊质者，盖纯粹洁清之气，皆钟于人；偏颇污浊之气，皆为鸟兽。此地球上所以人畜草木不相同，又从而为关隔，所以异情好，殊饮食也。"

问曰："地球寿数，以几何为限？"曰："物不可无始，又不可无终也。造化为形之后，以一万二千岁为草昧之世，

混沌子

又以一万二千岁为开明之世，后又以一万二千岁为浊乱之世，合三万六千岁，一地球之寿，于此乎尽矣。汉土制文字最早，故能记录中古，然不详唐虞①以前。罗马古史亦不审洪水以前。如本朝传文字未过二千年，安得识万岁前？今汉史所录，伏羲氏以来，仅不过五千年。如其前天皇、地皇、人皇及巨灵氏、句疆氏②等，皆后人捏造，固不足信也。凡草昧之后，文明一万二千岁，其中经六千岁，为满盛之时。至是之时，无盲昧不学之民，无野蛮匪类之称，万国升平，上下恬熙，人间幸福莫过于此时。推而算之，距今不降千余年也。凡满盛一万二千岁，犹夏至前后三四十日间，不甚觉伸缩。至立秋之日，稍知日影之短。如我国开明太晚，今也开其绪，进步可甚速。尔后不过千岁，应为完全之世。其间虽有许多纷纭，犹一家兄弟，有时反目，少顷，风波静稳，无有宿怨。遇嘉辰祝日，长幼团圞，杯酒极娱，满盛之世则如此耳。"

问曰："地球上人员以几何为限？"曰："地球人员繁殖

---

①唐虞：唐尧与虞舜的并称。尧舜时代被古人认为是淳朴向善的最好时代。

②由于没有信史记载以及文物出土，中国上古时期缺乏系统年表，盘古开天辟地后，天皇、地皇、人皇被认为是最早的政权实体的统治者。而巨灵氏、句疆氏以及其后的谯明氏、涿光氏、钩陈氏、黄神氏等等，则是直到大禹时代，中间无史记载的4000年间的统治者。

至今日，未登十亿。至彼满盛之时，以三十六亿为限矣。如我国，方今有四千万人，而山野未开垦之地，殆剩三分之一。尽开拓之，应得一亿上之食，而人员亦应及一亿。今也人智益敏，器械益备，夷山填谷，碎石伐树，剖判①以来，不入斧斤，遮断人迹之处，变为田圃刍圈②，亦不甚远也。不然，安得期千岁，生三十六亿之人哉！"

问："人寿亦从世之变迁有长短乎？"曰："地球上人畜草木，皆由日光得生活焉。若微日光，不能一日全命也。夫日者，火也，就物而发火。日则一大燃质物，质者有限，有限者则灭尽，灭尽则无光。日既失光，草木不长，人畜不活，寒气闭塞，冰雪凝结，是为地球灭尽之时矣。夫一年三百六十有余日，地球昼夜一转，三百六十余转，周太阳而为岁；月圜地球，一岁十二周余，随地而环太阳，是地月运转之数也。日灭则地月亦不得存，故地球与日月以三万六千年为尽期，而以一万二千岁为一小变。今过草昧一万二千岁，又及文明四千余年，天地之寿未央也。然而草昧之世，人生以百二十岁为定寿；文明之世，以自八十岁降四十岁为定寿；下至浊乱之世，以自四十岁降十岁为定寿。盖太阳比古稍减光热，地球比古稍疾运转，人寿比古稍促其数。夫日光

---

①剖判：开辟，分开。
②刍圈：草场。

之衰，所以燃质焚亡也；地转之疾，所以地质耗减；人寿之促，所以禀气薄弱也。譬之一日，国初之人，犹禀拂晓之气；中年之人，禀午天之气；末年之人，禀晚暮之气。故生于浊乱衰世者，禀气自薄弱，人身亦矮小。佛曰：'像末之时，人身一岁。'非虚说也。"

问曰："五洲人异性质，何以得相亲乎？"曰："地球混沌之时，淘汰多年，土质以类集合，镇静为形之后，人禀其气而生。于是异其种类，分为五洲，实不过三大洲也。虽其中有少差，大约为黑白二种，业殊其色矣，不得不殊其性质行为。凡亚细亚人种，专修其内，欧罗巴、亚米利加人种，颛修其外。修内者粗于外，修外者略于内，各有所长而主张焉。交换其所长，相互谋益，则为治平无事；若竞争其所长，共计利，则为天下扰乱。至文明隆盛之世，相迭谋，益亲交，今也骎骎乎趣文明，天下自是无事矣。"

问曰："世人或曰：'千百岁后，五洲立一大统领，总括地球上，政体出一途，尽为共和，果然乎？'"曰："是亦想象之说，固不足信也。夫天生人，五洲异其种类，殊其性质，而画其疆，以山岳河海及沙漠不毛之土，是地球上有自然关隔，使人人守其地也。虽一时以势力蚕食邻国，不得永属于他邦，又有以势力复之之时，是亦自然之理。故弱国不必弱、强国未必强，弱与强相循环，终有所归也。五洲不能必立一王，一王未能必总五洲，是地球造化之时，业尽此经界也。"

问："古人设礼教之由如何？"曰："人员繁殖，屯集各处，为村为乡，以营生活。强者为长，使役其下；弱者随从，奉承其意，是自为君臣之势也。及圣人出，制礼设教，以束缚人心，于是有君臣、父子、夫妇、长幼之别，有仁义、忠信、孝悌、廉耻之道。然父之爱子、夫之怜妇，天性也；君之使臣、长之役幼，则势也。故忠者成于教、孝者出于天性，从令者则畏于威也，报恩者则发于情也。成于教者假，而出于天性者真；畏于威者外，而发于情者内。以真假内外之别，欲之同一，难哉！礼之行也，庄周不言乎：'圣人不死，大盗不止，掊斗折衡，而民不争。'盖愤世而言焉耳，是亦不可为后世之教也。"

问："礼教亦有弊害乎？"曰："上古父子聚麀，兄弟为夫妻。及圣人制礼，夫妇有别，长幼有序，同姓不娶，士庶殊等，终设七去①苛制，作三千严刑。自佛教行，沙门不娶妻，尼终身寡居，是皆逆天理、戾人道、灭人种繁殖之道也。甚者有少女已字，为夫者不幸夭亡，终身不嫁，或截耳伤鼻，徒守空房者；有肢体壮健男儿，不耕不耨，乞食受

---

①七去：古代丈夫可以休妻的七种情况：不顺父母去、无子去、淫去、妒去、有恶疾去、多言去、窃盗去。

惠，立于四民之外者。礼教之弊，一至于此，可叹哉！如印度，一时为佛教所束缚，失人种生殖之道殊甚，是以国势不振，田野荒芜，遂为英人所利。是善教之弊，反归恶教也。凡严于教，则酷于刑；酷于刑，则人心益暴；人心益暴，王法亦不行。于是秦设严刑，二世死乱；汉立三章，帝统长世。如瞿昙氏①之教，本止于劝惩，何图人欲之炽，妄冀福利，遂至舍世断情，绝祖先之血脉。若尽如说修行，不出五十年，国其无人种矣。至文化开明之世，无女之为尼者，无婺之守寡者，无丈夫为僧者，无微罪处死者，而人员日加，猛兽尽灭，填池沼、垦山野，悉为膏壤沃地，播种五谷菜蔬。鸡鹜羊豕之类，家家供馔；绫罗锦绣之衣，人人装身，是为盛世之时也。"

问曰："然则人智者，不发于古，而发于今邪？"曰："人才辈出，以未开之时为多，如周、孔、孟、荀、释迦、耶稣，所谓天下一石之才，独占八斗者，而亿兆人民，仅分配二斗，是以其教流布上下，得以化人心焉。至开明之世，则均平才智，故无圣哲英俊超绝万人者，又无顽愚暗昧不识一丁者。""然则发明机器，制造良械者，多于今而少于古，

---

①瞿昙氏：佛的代称。瞿昙是印度刹帝利种之中的一个姓，是释迦牟尼的本姓，又作裘昙、乔答摩、瞿答摩。《辽史·礼志》："西域净梵王子姓瞿昙氏。"

何也?"曰:"古急于修内,而不暇理外。若礼教未备,理外而已,则人心虎狼,恣逞凶暴,终至无人畜之别,如此,何以得治国土?今也礼教粗备,上下守其法,于是天亦授理外之法,以使裨补人世,造物者逐顺序而授智,可谓巧矣。然术艺亦有古胜于今者,如韩志和①,使木制鸾鹤,飞翔饮啄,今则无有矣。如巨势金冈画马,夜夜出宫墙,食稻苗,今则无有矣。如医师忠明侍于御堂殿,针瓜中蛇眼,今则无有矣。如安部吉平与雅忠饮酒,前知地震,今则无有矣。彼养由于射、扁鹊于病、师旷于音、公输于巧,亦无有矣。其他驾云步水、呼雨起雾者,往往有之。如汽车电线,百人学之,百人为之,不足以为奇也。凡时势变革之际,或有出非常之人,发非常之智,是亦天生斯人,为拨乱反正、补罅修漏之具也。但开明之人,筋骨软弱,躯干不伟,然至为战,古不能及于今者,不在腕力,而在于机械也。"

问曰:"人智之进不止于此乎?"曰:"燕之智止于营垒,蜘之巧极于结网,千古无相异矣。人之作居也,初穿穴巢树,后又结木覆雨露,构墙御寇害。及智力益进,覆瓦叠石,起高楼、筑杰阁、回廊飞殿、窗棂雕栏之属,尽善尽

―――――――

①此处原书有夹注:弘仁年间人。按:韩志和是野史人物,唐穆宗时,由日本来到唐国,号"飞龙士"。他擅长木雕,所雕刻的木制百鸟,喝水、啄食、鸣叫,与真鸟一模一样。

美，争竞华丽。其他浮筏渡水者，辗车走波；劳脚传信者，设线达言。人智之日进，固不与禽兽同也，唯禽兽之智，自初至极，人智则不然，若至其极，即世寿将央矣。地本非为人铸造者，人得而私焉耳；禽兽本非为人充食者，人获而啖焉耳。凡天地间禀生者，莫不爱惜性命。蚕之作茧也，思羽化求偶；鸡之生卵也，欲菢育群居，岂为人作茧生卵者哉！所谓弱肉强食，有智力私之也。"

问曰："各国智力各不同耶？"曰："五洲异产物，四方殊智力，相迭交换，以裨补其政，是亦交际之不可缺，共利其国也。夫制造机械，发明事物，翔空没水，借造化助人工者，欧米人所长也。达死生之理，应物类之变，明天人之际，探鬼神之情，述仁义之道，审修身之要，是亚细亚人所能也。故修内者生于中国，修外者生于边地。而修内者，动辄流于文弱；修外者，其弊偏于凶暴。盖印度之教，至绝生人之道，其弊至于亡国；中国之教，以修身为要，其弊亦至于弱国。若夫修内者能御外，修外者亦能守内，内外修整，可以治家国矣。如本邦在地球中带，独孤立东海，内以敷文教，外以严武备，内外兼修，可以冠于万国矣。"

问曰："各国人情亦相异耶？"曰："人为万物灵，人人焉殊性情，古人制礼教始异法，于是有稍殊意情者，其性则一而已矣。古之礼者，则今之法律也；今之法律者，则古之礼也。舞踊男女相混，亲戚朋友亲嘴叙情者，西洋之礼也；同姓不娶，男女不杂坐，不同搋扔，不同巾栉，不亲授，周代之礼也。既殊礼矣，人情如相异，非相异，为法所缚也。"

问曰："古人立刑法，何以苛酷？"曰："造物者最爱人，人宜代造物者行之。苛酷者未开之法，虽周、孔，未免草昧之弊也。释氏禁杀生，其弊过于慈；周公制五刑，其弊过于酷。善教犹如此，况恶法乎。至盛年，人亦无犯大罪者，何万物尽足，而无饥寒之患也。至末年，人心狡狯，凶暴渐炽，而刑法亦不得不严酷，是自然之理也。"

问曰："金银矿脉，尚有不采掘者耶？"曰："金银多寡，从世之盛衰，自有增减，非人力所得而及也。丰太阁时，移上杉氏封，以佐渡为己领，极力掘之，遂无得焉。自德川氏伐石田氏，私有佐渡，产黄白百倍前世，是为庆长金。万历崇祯之际，明主探掘诸省金矿，遂至毁屋舍庭园索之，竟无有焉。至清诸省，出金亦夥，是非由人主之德与不德出没乎？安知地中尚有几千矿脉，须其时出于世哉！如彼海底珊瑚、深壑金刚石，未必不出于世。至满盛世，冠履衣服，缕珠饰金，锦衣玉食，坐于华屋，睡于琼楼。上界仙宫，九品净土，现在此世，曷求于他方哉！"

混沌子曰："自开辟草昧，世上盛衰之理，略得闻焉。

敢问至地球灭没之时，为如何景象？地球灭没之后，何以又创造新世界耶？"曰："至丧乱衰末之世，太阳渐减光，五谷自不实，禽兽亦不育，人类从而减少，殆如国初也。当太阳将灭之际，寒气渐逼，河海尽闭，空气为霜雪，凝而黏着地上，遂为一大冰丸。至是之时，地球上无有一生物矣。而地心尚有许多火气，地面为坚冰所裹，不能漏泄其气，终破裂坤轴，水火相混淆，则为一大热泥丸。此间历许多岁月，金石沙砾无一存形者。呜呼！元凯遗二碑①，郑泉愿酒壶②，无复可寻耳。日轮欲灭之时，亦如此。太阳本燃质物，燃质既焚亡，则变为焦土，所谓火生土也。既为焦土，无复有光焰矣。火气既去，失光焰，则为冷物。既为冷物，空中水汽，黏着彼焦土，又为一大冰丸，而中心火气喷发，以破裂冰丸，水土混杂，又为一大热丸。于是，多年之所喷吐煤炭之气，再为泥丸所吸引，又酿成新燃质。水汽已去，初发火光，是为新日轮也。当新日发光，地球渐定。当欲定之际，金气呼金气，铁气吸铁气，白坟赤埴③，各以类而

---

①元凯遗二碑：杜预（222~285），字元凯，西晋政治家、军事家、学者，灭吴战争的统帅之一。为了名垂后世，他铭功于二石，一置岘山之上，一投汉水之渊。

②郑泉愿酒壶：郑泉，三国时吴国大臣，嗜酒。临终前，他嘱咐同样好酒的朋友说："必葬我陶家之侧，庶百岁之后化而成土，幸见取为酒壶，实获我心矣。"

③白坟赤埴：指各种土壤。土黏曰"埴"。

集，动摇既镇，从而为形，突然高者为山岳，洼然低者为河海，而多年所发泄万物诸气，为地所吸引，又酿膏腴，发生草木，蒸出人畜，是为后之新世界。佛豫算之五十六亿七千万年，是时，弥勒出世，又以度群生云。邵子立十二会一元①之说，为十二万九千六百岁。朱氏、蔡氏及临川吴氏、双湖胡氏等诸儒皆据之，而推今世为午会第十二运。皆想象之说，其实以三万六千岁为限，佛谓之娑婆世界一劫。"

混沌子曰："一地球事略得闻焉，不知地球外尚有地球耶？"曰："星辰皆与地球同，各世界也。满天所丽，无量微尘众星，皆为人畜生活之国，俱借太阳光辉存焉者。佛以是地球为小千世界之一，尚有三千大千世界；三千大千世界外，不知有几亿万世界也。所谓恒河沙数者，盖以不可知说大数耳。区区一地球上人，欲强知地球外之事，无益也。余亦不能知其他。"

混沌子豁然有所悟，尚欲问政体沿革，国家变迁及人心所归向，忽然失道人形。唯晚霞横岭、松籁聒耳而已，遂拜洞门而还。

---

①十二会一元：北宋理学家邵雍根据一年有十二月、一月有三十日、一日有十二时辰的原则，提出了"元会运世"的时间计量标准。天地终始得一个周期，即一元。一元又分为十二会，每会该一万八百岁。

宽仙子:"天地之寿非以人智可知者,特释氏以空漠之说论之,邵子亦以想象说之,皆无足证者。以蜉蝣之生欲知万岁之后,吁!亦愚矣哉!近时西洋人动有论地球灭没之期者,妄动摇人心,玩弄愚民,或有图写灭尽之状鬻之市中者,吁!亦何等狂态也!方今治平无事,所忧者,风雨不顺、五谷不饶,四民苦贫、外夷窥隙而已。丙吉之言,未必迂也。"

《东齐谐》终